歸還兵士

귀환병사

요람 新무협 판타지 소설

FANTASTIC ORIENTAL HEROES

귀환병사 18

요람 新무협 판타지 소설

초판 1쇄 찍은 날 § 2014년 12월 26일
초판 1쇄 펴낸 날 § 2015년 1월 2일

지은이 § 요람
펴낸이 § 서경석

편집부장 § 권태완
편집책임 § 한준만

펴낸곳 § 도서출판 청어람
등록번호 § 제387-1999-000006호
등록일자 § 1999. 5. 31
어람번호 § 제2-2561호

주소 § 경기도 부천시 원미구 부일로 483번길 40 서경B/D 3F (우) 420-822
전화 § 032-656-4452 팩스 § 032-656-4453
http://www.chungeoram.com
E-mail § chungeorambook@daum.net

ⓒ 요람, 2013

ISBN 979-11-04-90044-0 04810
ISBN 978-89-251-3414-7 (세트)

요람 新무협 판타지 소설

귀환병사

FANTASTIC ORIENTAL HEROES

18

도서출판 청어람

第百六十三章

사승(師承)

"고생했다."

"……."

스승, 문인의 말에 무린은 그저 아무런 대답도 못하고 고개만 푹 숙였다. 정말 오랜만에 얼굴을 마주하는 자리였다. 그래서인지 말문이 떨어지지 않았다. 문인의 목소리에 깃든 따뜻함도 무린의 말문을 닫는데 큰 역할을 했다.

"몸은 어떠냐. 내가 보기에는 무언가 큰 벽을 넘은 것처럼 보이는데."

"예, 스승님. 우연찮게… 큰 성취를 이루었습니다."

"허허, 그래. 그거 참 좋은 일이구나."

문인의 말에 무린은 이번에도 그냥 조용히 말문을 다시 닫았다.

성취. 원하긴 했지만 자신의 손으로 이룬 게 아니었다. 필요에 의해 타인이 억지로 쥐어준 것.

무린은 몸속에 거대한 화탄을 짊어진 기분을 지울 수가 없었다. 문인을 만나니 그런 기분은 더욱더 커졌다. 입을 열어 그러한 사실을 말하고 싶었다.

그러나 무린은 말할 수 없었다.

스승에게 큰 걱정거리를 줄 것 같았기 때문이다. 그러나 무린은 문인을 너무 무르게 봤다. 그는 문야라 불리는 학사들의 아버지 같은 존재다. 무린의 아주 얼굴을 보고 무언가 숨기는 게 있다고 바로 판단할 능력이 아주 충분한 사람이었다.

"무슨 일이 있는가 보구나."

"……."

퉁.

수면에 가볍게 돌이 떨어졌다.

그리고 무린의 얼굴에도, 마음에도 파문은 크게 일어났다.

무린은 고개를 천천히 숙였다. 속이려고 했던 게 바보 같은 생각이라는 걸 깨달았고, 그런 바보 같은 생각을 한 자신이 죄송했다.

군사부일체(君師父一體)라.

속일 사람이 있고, 속여서는 안 될 사람이 있다. 문인은 분명 후자였다. 그래서 죄송하고 창피했다.

"말하기 힘든 일인 게냐."

"아닙니다. 스승님. 후우… 마녀를 만났습니다. 다만 직접 만난 건 아니옵고, 제자가 부족해 큰 부상을 입어 전대 검왕 어르신께 맡겨졌을 때 검왕 어르신께서 만났다고 하셨습니다."

"마녀……."

그 한마디에 다시 공기가 무거워졌다.

단지 단어가 주는 힘이, 이 정도로 힘이 있었다.

"그때 제자가 탈각을 이뤘습니다."

"탈각? 껍질을 벗었다라… 무의 경지에서는 그리 부르는 모양이구나."

"저도 검왕 어르신께 처음 듣는 경지였습니다."

"그래, 그래서?"

"근데 그게… 마녀가 손을 쓴 듯합니다."

"마녀가 손을 썼다……. 탈각을 말이냐?"

"예, 스승님."

"……."

무린의 대답에 문인은 천천히 눈을 감았다. 아마 그 나름의

유추를 하고 있을 게 분명했다.

그걸 보며 무린은 잠시 다시 입을 열까 하다가, 그만 뒀다.

무린이 생각했던 부분이 있었다. 이는 이제 확신이 든 상태였다. 속으로 말할까 했지만, 말하지 않았다. 문인의 집중을 깨는 불손을 저지를 수 없었기 때문이다.

문인은 오랫동안 눈을 감고 생각에 잠겼다. 무린도 그 앞에 무릎을 꿇고 미동도 하지 않았다.

두 사승이 앉아 있는 천막. 공기는 점점 더 무거워졌다.

서로 말을 하지 않았기도 했지만, 워낙에 두 사람이 가진 기본적인 기세가 진중했기 때문이었다. 거기에 마녀라는 주제가 더해지자 범인이라면 숨도 못 쉴 적막감이 흘렀다.

쉽게 깨지지 않는 공기는 막사 밖으로도 빠져나가 주변을 경계하고 있는 비천대원들의 이목까지 끌 정도였다.

일다경을 훌쩍 넘어, 거의 반각에 가깝도록 문인은 생각의 바다에 빠져 나오지 않았다. 그리고 그에 반 정도의 시간이 더 흘렀을 때, 문인이 눈을 떴다.

"……."

"……."

문인이 눈을 떴을 때, 그 눈동자를 마주한 무린은 놀랄 수밖에 없었다. 탈각 이후 활짝 열린 상단전이 문인의 눈에, 전신에 서린 현기(玄機)를 잡아냈다. 놀랍도록 깊고, 숨이 턱 막힐 정도로 농도가 짙은 현기.

물론 문인도 무가(武家)의 사람.

무공이야 당연히 익혔다. 하지만 무린처럼 깊게 익히지는 않았다. 누가 뭐라고 해도 문인은 학사이기 때문이다.

둘 다 정통하지는 않다는 소리다.

그런데도 이런 눈동자라니.

그저 놀라울 뿐이었다.

"놀라울 것 없다."

툭 하고 나온 말.

"예, 스승님."

무린은 그저 고개를 숙이며 대답할 뿐이었다. 흠흠, 목을 가다듬는 소리에 무린은 다시 상체를 세워 문인을 바라봤다.

"생각해 보건데… 너를 마녀가 도울 이유는 하나도 없다. 그런데도 도왔다면 몇 가지로 답은 좁혀지지. 하나는 재미다. 하지만 마녀는 결코 재미로 이런 엄청난 일을 벌이는 게 아니라고 알고 있다. 그러니 재미있어 그런 건 아닐 게다. 두 번째. 네가 마녀의 수하일 경우다. 하지만 나는 내 눈이 그 정도도 짚지 못한다고는 생각하기 어렵다. 만약 정말 무린이 네가 마녀의 수하라면… 문야라는 허명은 벗어야겠지. 하지만 나는 자신 있다. 두 번째도 아니야. 그렇다면 마지막 세 번째다."

무린은 집중했고.

들을 수 있었다.

필요에 의해서다.

짧게 떨어지는 문인의 말에 무린은 역시나 싫었다. 문인은
정확하게 진실을 찾았다. 아주 정확하게.

"보통 계략을 펼칠 때 자주 나오는 방법이기도 하다. 내가
여건상 직접 손에 가질 수 없는 물건을 남이 취하게 한 뒤, 그
걸 다시 내가 취한다. 오래된 병법이지."

"맞습니다……."

"너도 알고 있었구나."

"예."

"고얀 놈. 알고 있으면서도 말 안하고 스승을 생각하게 해?
허허."

"죄송합니다."

말은 그렇게 하지만, 문인은 웃고 있었다. 그저 따뜻한 눈
으로, 그리고 안쓰러운 눈으로 다시 죄송하다며 고개를 숙인
무린을 보고 있었다. 문인이 생각하기에 무린의 삶은 참… 너
무할 정도로 지독했다.

처절함 그 자체라 말해도 될 정도였다.

고난의 연속이다 못해 끝이 안 보였다.

아직까지도… 뭐 하나 끝맺어진 게 없었다. 오히려 늘어나는 추세다. 문인은 자신이 아는 사람 내에, 역사 속 인물까지 전부 합쳐 지금 무린처럼 삶을 산 사람이 대체 몇이나 되나 생각해 봤다.

정말 얼마 안 됐다.

그리고 있는 전부가 영웅(英雄)이고 효웅(梟雄)들이었다.

익히 알고 있는, 삼국시대의 유현덕과 조맹덕이 그랬다. 그 이전, 이후도 전부 역사에 이름을 남긴 이들이나 지금 무린 같은 삶을 살았다.

고난, 역경, 투쟁.

이 모든 것을 넘기면 삶은 완성되고, 위업을 남긴다.

하지만 못 넘으면?

그저 역사에 줄만 긋고 사라진다.

안쓰러운 일이었다.

목적을 이루지 못한 삶은 그 인물에게 행복했을까?

장담하지만, 행복하지 못했을 것이다. 후세에는 전해지겠지만, 그 인물은 한이 뭉텅이로 남은 상태로 생을 마감했을 수도 있었다. 그러니 감히 그 인물이 행복한 인생을 살았다고 장담할 수가 없었다.

문인이 걱정하는 부분이었다.

무린의 인생 또한 그렇게 될까 봐.

솔직히 지금 무린은 신성이라고 부를 수 있는 경지가 아니었다.

누가 감히 탈각을 이룬 무인에게 강호의 신성이라 할 것인가? 감히 소협, 하고 낮춰 부를 것인가. 미치지 않은 이상 그랬다간 무린이 아닌, 다른 이에게 얻어맞을 것이다.

비천무제가 이 정마대전에 세운 공을 생각해 보라.

감히 그 누구도, 비천무제와 비천대의 공로에 비교조차 할 수 없었다. 사천, 자신들의 터전에서 마도이가를 몰아 낸 당가? 산해관의 전선을 지킨 팽가? 아니면 이곳 안휘에서 구양가를 궤멸시킨 남궁세가?

가당치도 않다.

비천무제와 비천대의 공과 비교하기에는.

이런 무린이다.

이 정도로 성장한 무린이다.

이렇게 성장했으면 그만한 책임도 따르고, 그만큼 이목도 따른다. 벌써부터 무린이 해결해야 할 일은 산더미다.

아니, 산더미는 아니다. 그냥 작은 산 하나와, 큰 산이 하나 있다. 근데 두 번째. 큰 산이 커도 너무 컸다.

너무 크고 험난해서 넘을 엄두도 안 나는 악산(惡山)이다.

'무린아… 이 녀석아…….'

문인은 그런 산을 넘어야 할 무린이 너무나 걱정되었다. 그래서 몸소 제갈세가의 무인들을 이끌고 이곳까지 온 것이다. 오면서 하나 다짐한 것도 있다. 이제 이 녀석을 결코 홀로 두지 않겠노라고.

물론 많은 이들이 함께하고 있다. 하지만 그래도 안심이 되질 않았다. 연륜의 깊이가 있는 사람이 창천유검밖에 없는지라 그 부분도 걱정이 됐다. 아무리 강한들, 연륜에서 나오는 지혜도 무시해서는 안 됐다.

문인은 무린을 가만히 바라봤다.

무린은 여전히 고개를 숙이고 있었다. 문인의 분위기를 눈치채고 감히 고개를 들지 않고 있는 것이다.

사람을 생각하는 마음 씀씀이도 이리 좋다. 문인은 눈동자에 모든 감정을 털어내고, 가늘게 떨리는 목소리를 겨우 진정시키며 말문을 뗐다.

"고개를 들거라. 녀석, 무슨 죄를 지었더냐? 설마 정말 나를 골탕 먹이려고 했던 것이냐?"

"아닙니다……."

"그러니 어서 고개를 들거라. 이러니 꼭 내가 벌을 주는 것 같구나. 허허."

"예, 스승님."

고개를 드는 무린.

문인의 시선 속 무린의 눈동자는 여전히 담담했다. 차분하고 정갈하게 갈무리되어 있었다. 하지만 그 안에는 역시 숨길 수 없는 당당함, 위엄이 서려 있었다. 자신의 앞이라 기세조차 조절하고 있다는 것을 문인은 느낄 수 있었다.

기특한 제자였다.

한평생.

가장 마음에 드는 제자였고, 정이 갔고, 끝까지 지켜주고 싶은 제자였다.

"그래, 일단 앞으로의 얘기부터 해보자. 어찌할 생각이냐."

"어머님을 다시 본가에 모실 생각입니다."

"그래, 그게 먼저겠지. 순리다. 나쁘지 않구나. 언제까지… 그곳에 있게 할 수는 없을 터. 우선 해결해야 할 일이 맞구나."

"……."

무린은 대답 대신 고개를 숙였다.

사실 이 일은 문인에게도 부담스러운 부분이다. 무린이 남궁세가와 다시 부딪친다면 제갈세가도 그 결과에서 나올 후폭풍을 피해갈 수가 없었다. 왜냐고? 무린이 문인의 제자이기 때문이다.

그러니 결코 피해갈 수가 없었다.

책임을 물을 수도 있다.

그리고 멍청하게도 무린은 이걸… 문인을 보고 나서야 생각해 내고 말았다. 하지만 그럼에도 무린은 자신의 뜻을 굽히지 않았다.

좀 전의 그 말에 파문을 당할 각오까지 했었다. 아니면 파문을 요청하거나. 그만큼 후폭풍이 클 거라 예상했고, 그 피해가 문인에게 가는 게 싫었기 때문이다. 하지만 문인은 잘 생각했다고 대답했다.

그렇게 하라고 대답했다.

그건 곧 뒷일을 걱정하지 말라는 뜻이나 다름없었다. 무린은 입술을 꾹 깨물었다. 이번에는 감정이 울컥 올라오는 걸 참기 힘들었다. 그리고 굳이 막지도 않았다. 쑤욱 올라온 따뜻한 정이 삽시간의 무린을 흔들었다.

아무리 무린이라도 이건 참기가 힘들었다.

"……."

"……."

살며시 떨리는 어깨 이다보니, 문인도 당연히 보았지만 굳이 어떤 말을 해주지는 않았다. 그냥 고개만 끄덕이고, 알겠다는 뜻만 계속해서 보냈다.

말하지 않아도 서로 감정이 통하고, 뜻을 주고받았다.

무린은 죄송합니다.

문인은 괜찮다.

이렇게만 눈빛과 행동으로 말하고 있었다.

막사 안은 그렇게 잠시간, 따스한 기운이 피어났다. 하지만 그 따스한 기운은 금세 가라앉을 수밖에 없었다.

둘이 이제부터 다시 의논해야 할 주제가 너무나 무겁고 어두웠기 때문이다. 어떤 주제가 오갈까?

"생각해 둔 바는 있느냐."

"대화를 해보았지만… 말로 순순히 어머님을 풀어주지는 않을 것 같습니다."

"음……."

어머니 호연화가 주제다.

주제의 목적은 아주 단순하다. 되모시는 것. 그런데 이 목적을 이루려면 상당한 출혈이 예상됐다. 무린은 뚫을 자신이 있었다. 연화원까지의 길을 막는 모든 자들을 때려눕힐 무력이 지금은 충분했다.

당연히 이때 출혈이 흐른다.

그리고 무린은 조금도 봐줄 생각이 없어서, 막는 자들은 철저하게 응징할 생각이었다. 살수로 막아온다면 살수로 응대를, 그저 막기만 한다면 단순한 제압만 할 생각이었다. 즉, 남궁세가가 어떻게 나오느냐에 따라 무린의 행동이 결정될 것이다.

"남궁현성. 그 친구는 어떻더냐. 아직도 마음에 변화는 없어 보였느냐?"

"예. 아주 조금도 없어 보였습니다."

"천하제일의 고집이구나. 허허."

"……."

남궁현성.

지금은 황보세가와 제갈세가의 다른 이들과 함께 자리를 잡은 걸로 알고 있었다.

황보악이나 제갈명 또한 전부 그쪽에 있었다. 그곳에서 무슨 말이 오갈까. 어떤 협약의 말들이 오갈 수 있지만 무린은 크게 신경 쓰지 않았다. 그런 걸 일일이 신경 쓸 만큼 이제 어려운 상황이 아니었기 때문이다.

"최소한, 최소한의 피해로 끝내야 할 것이다. 물론 상황이 여의치 않다면 어쩔 수 없다. 네가 다치는 경우만큼은 반드시 피하도록 해라."

"예, 스승님."

"그 일은 네가 알아서 잘 할 거라 믿는다. 그럼 이제… 마녀 얘기를 해보자꾸나."

"……."

마녀.

한마디에 다시금 공기가 무겁게 변한다.

단어가 가지는 힘이 막강했다.

"사실 네가 북방에서 전전하는 동안 나도 나름 정보통들을 통해 마녀에 대해 알아봤다. 그리고 고문헌도 많이 찾아봤다. 없더구나. 마녀에 대한 전승이나 기록은 찾아볼 수가 없었다. 내 성향에는 맞지 않는 요괴에 대한 서적까지 찾아봤지만 헛수고였다."

"……."

무린은 대답하지 못했다.

자신에게 도움을 주고자 노력한 문인이 너무 고마웠기 때문이다. 하지만 문인도 찾지 못했다는 소리에는 조금 마음이 허하기도 했다.

아무런 것도 남기지 않은 마녀. 대단한 일이다. 아무것도 남기지 않았다는 것 자체가.

문인은 그 부분에 주목했다.

"진시황이 그렇게 원했던 불사(不死)의 영역. 그러나 그 천하의 진시황도 결국 들지 못한 영역. 마녀는 그 영역의 산증인이다. 그렇다면 구전이든 서술이든, 어떤 방식으로도 마녀에 대한 이야기는 전해졌을 법도 한데, 웬만한 곳에서는 아예 찾을 수도 없었다."

"……."

웬만한 곳.

그렇다면 찾긴 찾았다는 소리다.

문인은 무린이 바라보자 조용히 웃으며 고개를 끄덕였다.

"그래, 찾긴 찾았지. 서적이라고 부르기도 뭐한 웬 잡서에서 말이다."

"있긴 있었다는 소리십니까?"

"그래. 후우… 평소라면 아마 거들떠도 안 봤을 것이다. 아는 사람이 곤륜산의 어느 마을에서 웬 책을 하나 가져왔더구나. 시작부터 자신의 가문 내력을 줄줄 읊고 있었기에 흥미는 더 떨어졌지. 서장이 넘어서도 그리 중요한 얘기는 나오지 않았다. 자신의 몇 대는 어땠고, 몇 대는 또 어땠고. 이런 식이었다. 그런데 거의 다 읽어갈 때쯤 묘한 구절이 있더구나."

"……."

"아주 오래전부터 자신의 가문에 전해져 오는 얘기가 있다. 이렇게 시작하는 구절이었다. 혹시 예상이 가느냐?"

"……."

무린은 대답 대신 잠시 생각에 잠겼다.

이름 없는 산자락 마을의 한 일가가 살아온 이야기가 담긴 서적. 유추할 수 있는 단서가 너무 없었다.

있다면 곤륜산자락.

그것 하나뿐이다.

아, 혹시……?

무린은 며칠 전에 여인들과 했던 얘기가 떠올랐다. 곤륜산,

서왕모의 반도에 대한 이야기.

"혹시 서왕모에 관계된 일인지요."

"그래, 맞다. 서왕모에 대한 이야기였다. 정확하게는 서왕모의 반도. 그걸 훔친 동방삭에 대한 이야기였지."

"아……."

그런 구전이 남아 있다고? 만약 그 서적에 적힌 얘기가 진짜라는 가정을 한다면? 하지만 크게 신빙성이 일단 없다.

서왕모의 얘기는… 정말 까마득히 오래전이다. 그런 오랜 세월을 한 마을에서, 한 일가가 살아온다는 게 가능할까? 선제(宣帝) 시대에 살았던 추정되는 게 바로 동방삭이다.

도저히 믿겨지지가 않았다.

하지만 그렇다고 이게 완전히 거짓이라는 증거도 없었다. 신빙성은 없지만, 거짓이라고 단정도 못 짓는다.

"일단 그 책의 진실 여부를 떠나서, 그 마지막 얘기에 집중하자꾸나. 당시 그걸 쓴 사람은 이렇게 적어 놨다. 안개 속에서 길을 잃어 헤매던 중 일남 일녀를 보았다. 사내는 장난기가 다분한 인상이었지만 어딘지 조급해 보였고, 여인은 찬란한 금발을 지니고 눈을 거의 감듯 반개한 여인이었다. 사내의 손에는 금빛으로 빛나는 과실이 들려 있었고, 그걸 이내 여인에게 건넸다."

"……."

이거…….

재미있는 얘기다.

만약 저 말이 진실이라는 가정을 한다면, 사내가 동방삭이고 여인이 마녀라고 생각하는데 아무런 문제가 없었다.

문인의 말은 이어졌다.

"과실을 건넨 사내가 물었다. 이걸 어디다 쓰려고 하느뇨? 여인은 대답했다. 해야 할 일이 있습니다. 사내가 다시 물었다. 그 일이 무엇이느뇨? 여인이 다시 대답했다. 천년이 걸려도 이룩하지 못할 일입니다."

"아…….."

무린의 입에서 나지막한 탄성이 흘러나갔다.

너무나 의미심장한 말.

문인의 말은 끝나지 않았다.

"사내가 다시 말한다. 그럼 네게 반도를 하나 더 주겠노라. 충분하겠느뇨? 여인이 다시 대답한다. 충분합니다. 사내가 여인에게 과실을 하나 더 건넸고, 이후 두 사람은 사라졌노라. 이게 얘기의 끝이다."

"반도를… 반도복숭아를 두 개나 먹었다는 말씀이십니까? 마녀가?"

"아니기를 바란다만, 얘기만으로 볼 때는 그렇지 않은가 싶다."

"삼천갑자 동방삭은 사실 일천갑자고… 마녀가 이천갑자. 허어……."

맙소사…….

무린의 입에서 허탈한 탄성이 흘러나왔다.

이천갑자.

몇 년이지 계산도 안 되는 세월이다. 동방삭의 전설은 선제 시대다. 옛날이라고 부르기도 민망할 정도의 오래전의 얘기 다.

고대(古代)라 부르던 시절의 전설인데… 그때 마녀가 있었 다? 말이나 되나 그게?

"일이백 년도 아니고 족히 천 년을……."

살아왔다는 얘기다.

그리고 무공을 익혔다는 얘기다. 무린의 기를 질리게 한 부 분이 바로 이 부분이다. 또한 마녀의 무지막지한 무공 수준이 이해가 가기도 했다. 지금 문인이 한 말이 사실이라면 말이 다.

무린은 고개를 절레절레 저었다.

"만약 그 얘기가 사실이라면……."

무린은 차마 뒷말을 잇지 못했다.

그 말을 하지니 이미 마음부터 꺾일 것 같았기 때문이다. 그러나 문인이 그 말을 해버렸다.

"절대 마녀를 막지 못할 것이다."

"……."

마녀는… 인간이 아니니까.

무슨 수로 이기나. 무슨 수로 막나. 천 년 이상 무공을 익혀 온 인간이 아닌 자를. 이 정도면 요괴, 귀신으로 분류해도 아무 문제가 없을 정도였다.

"터무니없는 적이다. 후우."

"예……."

이 이야기가 진짜라는 가정을 한다면 말이다.

소향은 알까?

마녀가 무려 천 년 이상을 살았다는 것을? 무린은 소향이 이런 사실을 알아도 변하는 건 없다는 것을 알았다. 마녀는 반드시 막아야 했다. 목적이 무(武) 자체의 말살이다. 씨 하나 남기지 않고 모조리 꺼트려 버릴 생각이다.

그 안에는 자신도 포함되어 있다.

비천대도 포함되어 있고, 제갈세가도 포함되어 있다. 어머니도 무공을 익혔으니 당연히 포함될 것이다.

"물론 이 모든 건 그 서적에 적혀 있던 게 사실이라 증명해야 한다. 아직 믿을 단계는 확실히 아니야. 하지만 무린아. 내 한평생 학자로 살면서 많은 서적을 보았고, 그 진위 여부를 따져 오면서 나름 이젠 감으로도 그 여부를 파악할 수 있다고 자부하고 있다. 연륜과 학식이 나름 자부할 정도로 쌓인 게지. 그런 내가 보기에는… 그 책은 그냥 허구의 이야기가 아닌 듯 보였다."

"그럼 실제로 마녀가 천 년 이상을 살았다 생각하신다는 말씀이십니까?"

"모른다. 사람을 보내 파악은 하고 있지만… 아마 거짓부렁이는 아닐 게다. 감이 그리 말해주고 있다."

"……."

문인의 감.

학자의 감이라 무시하나? 아니, 오히려 더욱 뛰어날 수도 있다. 그리고 이 감을 얘기하는 사람이 천하에서도 알아주는 대학사, 문야(文爺) 제갈문인이다. 그렇다면 무린과 비교해도 결코 떨어지지 않을 것이다. 무린이 무(武)에서 탈각을 이루었다면, 문인은 문(文)에서 탈각을 이루었다고 해도 과언이 아닐 것이다.

그리고 솔직히 무린도 지금 문인에게 들은 얘기가 거짓이 아닌 것 같다는 느낌을 강하게 받고 있었다.

무린도 상단을 연 무인.

웬만한 진위 여부는 육감으로도 얼추 가려낼 수 있었다. 그런 무린의 감이 말한다. 진짜라고. 진실이라고.

아무런 거짓도 없다고.

마녀는… 반도(蟠桃)를 두 개나 먹고, 인간을 초월한 존재라고. 골치 아프게 됐다. 아니, 골이 아예 쪼개질 일이 되어버렸다. 단지 생각만으로도 끔찍할 지경이었다. 설마 문인이 이런 사실을 들고 왔을 줄은 꿈에도 몰랐다.

"감당할 수 있겠느냐. 천 년을 살아온 괴물을."

문인이 직설적으로 무린에게 물었다. 무린은 그 질문에 흠칫했다. 자신이 감당할 수 있을까? 고개가 곧바로 저어졌다. 이 답은 아주 오래전에 나온 답이다. 요 근래에도 생각해 봤고, 스스로 부족함을 절실히 깨달은 부분이다.

"불가합니다."

"어찌할 생각이냐. 마녀는 결코 그냥 상대해서는 안 될 적이다. 아니, 준비하고 또 준비해도 부족할 것이야. 제아무리 소향, 그 아이라도 힘들 것이다. 내가 보기에는 계략이, 무력이 먹힐 상대가 아니다."

"예. 잘 알고 있습니다."

"가볍게 생각해서는 절대 안 된다. 그게 너의 목을 죌 것이야."

"예."

"그렇다면 방안은 생각해 뒀느냐."

"……."

그 질문에는 다시 대답할 수 없는 무린이었다. 방안? 무슨 방안. 답 따위를 낼 상대가 아닌데. 만약 다른 사람이 물었다면 무린은 그렇게 되물었을 것이다. 문인이니 그저 침묵만 하는 것이다.

문인의 표정이 전과는 달리 굳었다.

"무린아."

"예, 스승님."

"생각해 내야 한다."

"⋯⋯."

그 말에 무린의 얼굴도 굳었다.

문인답지 않게 '강요'를 하고 있었다. 단 한 번도 이런 적이 없는 문인이다. 본래 그렇게 제자를 가르치지 않는 문인이기도 하고.

애초에 문인이 무린을 제자로 들이고 내린 가르침 자체가 문(文)이 아닌 마음가짐에 대한 게 전부였다. 물론 그것도 문인이 하면 전혀 다른 개념으로 변하지만 사서(史書)나 도덕경(道德經) 같은 걸 읽게 하지는 않았다. 애초에 무린이 가야 하는 길이 너무나 험난하고 일반인과는 달랐기 때문이다.

마음을 다스리는 법과, 마음을 써야 하는 법. 이런 게 전부였다. 그런 걸 가르치면서 문인은 한 번도 무린을 다그치지도 않았고, 재촉하지도 않았다. 강요의 부류 안에 들어가는 그 어떤 방식도 쓰지 않았다.

그런데 지금, 처음으로 강요를 하고 있었다.

생각해 내야 한다고.

"못 하겠느냐?"

"……"

"그래도 해야 한다. 내 이번엔 네게 처음으로 숙제를 내
마."

"스승님."

"여태 이런 적은 없었다. 하지만 이제는 더 이상 안 될 일
이다. 무린아. 나는 너를 이렇게 잃기 싫다."

"……"

문인은 대놓고 무린의 죽음을 예견했다. 그렇게 확정하고
있었다. 스승이 제자의 죽음을 예상한다니. 매정하고 잔인한
일이었다. 하지만 그만큼 문인도 가망이 없다 보고 있다는 뜻
이었다.

문인의 입이 다시 열렸다.

"나는 누구보다 무린이 너의 삶이 행복하길 바란다."

"잘 알고 있습니다……. 스승님의 마음."

"그런 의미에서… 너는 반드시 찾아야 한다. 마녀를 상대
할 방법을 말이다. 물론 나도 생각해 보겠지만 하나보다는 둘
이 낫지 않겠느냐."

"예……"

"그리고 이건 반드시라는 조건이 붙는다. 무린아."

"예⋯⋯."

어떻게 해서든, 무슨 수를 써서라도 반드시 찾아내라는 뜻이었다. 혼자는 힘드니 자신도 힘을 보태겠다고 하면서. 문인의 의지가 느껴졌다. 정말 무린을 잃고 싶지 않다는 아주 단호한 의지가.

따뜻하면서도 무거웠다.

"될 수 있다면 누구에게 의지해도 좋다. 려, 그 아이도, 단씨의 그 아이도. 그리고 네 동생들도. 비천대도 있고 소향도 있다. 누구든 의지해 보고 방법을 강구해 보거라. 머리를 맞대고 생각하고 또 생각해라."

"예⋯⋯."

"그게 널 살릴 유일한 길일 것이라 나는 생각한다."

"⋯⋯."

끊임없이 생각하는 것.

아주 머리가 과열되어 터질 때까지 생각하라는 게 문인의 주문이었다. 무린은 대답을 고개를 끄덕이는 걸로 대신했다.

무린도 사실 많은 생각을 하고 있었다. 무린의 행동 자체가 많은 고심 끝에 나온다. 생각, 그건 무린의 행동 전반에 깔려 있었다.

마음 가는대로, 바람처럼 움직이는 성격이 아니었다. 그걸 문인도 알지만 더욱더 주지시키고 있었다.

"오늘은 일단 여기까지만 하자. 나도 간만에 손녀아가랑 얘기 좀 나눠야겠구나. 허허."

"예, 스승님. 그럼⋯⋯."

무린은 자리에서 일어났다.

그리고 천천히, 깊게 예를 취한 후 막사를 나왔다. 휘이잉! 칼바람이 무린을 스쳐 지나갔다. 추위를 느끼지는 않았지만 마음이 차갑게 식어갔다. 과열되던 머리가 강제로 식혀지고 있었다.

"하아⋯⋯."

한숨이 나가면서 하얀 김으로 변해 사라졌다.

"대주."

장팔이 무린에게 다가왔다.

"말해라."

"척후에서 연락이 왔습니다."

"연락이?"

"네."

그에 무린의 얼굴이 다시 굳었다. 연락을 보냈다는 말과, 장팔이 자신에게 와서 보고를 한다는 것 자체가 뭔가 있다는 뜻이었다.

"내용은?"

"만독문이 접근하고 있답니다."

"……."

만독문.

예상은 했는데, 역시나 왔다. 그리고 상당히 빨리 왔다. 그래서 문제가 발생했다. 만약 만독문이 이대로 소요진으로 들어서면? 아마… 전멸을 피하지 못할 것이다. 대결을 벌인다면 말이다.

"구양가가 전멸했다는 걸 모르나보군."

"소요진의 정보는 전부 통제하고 있으니 하오문을 통해서도 아직 못 들었나 봅니다."

"그렇겠지. 애들 조용히 소집해. 우리가 직접 간다."

"네!"

장팔이 뛰어갔다.

무린은 잘됐다 싶었다.

머리가 복잡했는데, 일단은 마녀라는 주제에서 벗어날 수가 있었다. 지금 당장은 마녀가 아닌 만독문에 집중해야 했기 때문이다. 무린은 바로 단문영이 있는 막사를 찾았다.

"단문영. 안에 있나?"

"네. 들어오세요."

"그럼……."

안으로 들어가자 여인들이 전부 모여 있었다.

혜와 월. 검문의 정심과 이옥상, 그리고 단문영.

무린은 화로 근처에 모여 앉아 있는 주변으로 가 앉았다. 눈동자는 바로 단문영에게 향했다. 서론이 길 필요가 없었다.

비천대 척후조에게 발각되었다는 것은 이미 소요진에 상당히 접근했다는 뜻으로 볼 수 있었다. 괜히 우물쭈물하다가는 다른 정도가가 발견할 수도 있었다. 그나마 다행인 건 현재 진형의 왼쪽 전체가 비천대 담당이라는 점이었다. 만약 아니었다면 이미 다른 정도가의 척후, 경계조가 발견했을 수도 있었다.

그렇게 되면 무린은 상당히 곤란해졌을 것이다.

이미 단문영을 위해 만독문과의 싸움은 피하겠다고 선언했기 때문이다. 말을 내뱉었으니 반드시 지킬 무린이다. 그렇게 되면 정도가가 무린을 마도로 몰아갈 수도 있었다. 아니, 이건 정도가가 아니라 남궁현성이 했을 것이다.

그에겐 그런 능력과 머리가 있었으니까.

무린이 아무리 컸어도 지금 현재의 명성은 단연 남궁현성이 위다. 그리고 천하제일가의 가주가 가지는 발언력은 상상을 초월한다. 그가 무린을 마도로 몰아가면, 아마 모르긴 몰라도 강호 무인의 반은 무린을 마도로 생각할 것이다.

곤란해진다.

그러니 빨리 상황을 설명하고 움직이고 싶은 무린이었다.

"중원이 올 거라는 예상이 맞았다. 만독문이 근처까지 왔어."

"아……."

"너와 약속했다. 싸움은 피하겠다고. 그러니 가서 그들의 마음을 돌려주길 바란다. 아니면……."

강제로 돌려보낼 수밖에 없다.

무린은 차마 뒷말은 할 수 없었다. 해서도 안 됐고.

단문영은 놀랐다가, 무린의 뒷말을 예상했는지 얼굴이 하얗게 질렸다.

그녀가 아무리 이곳에 있다 하더라도 만독문에 대한 모든 과거를 잊은 게 아니었다. 물론 그녀는 그녀의 천명을 따라 움직인다. 그리고 그 천명의 틀 안에 만독문은 없고, 무린이 있을 뿐이었다. 그러나 옛정이 남아 있었다.

"네……."

단문영은 질린 얼굴로 겨우 대답했다. 순간 너무 놀란 것이다. 만약 만독문이 이대로 소요진 안으로 들어오면? 전멸이다. 머리가 비상한 그녀는 그것 말고 다른 것도 예상했다. 무린의 선언이다. 싸움을 피하겠다고. 아마 그 말을 지키려 할 것이다.

정도가가 만독문을 공격하면, 무린은 그걸 막아설 것이다.

그런 상황이 발생하면 무린에게 좋을 게 하나도 없다는 걸 단문영은 빠르게 깨달았다. 그녀가 급히 일어서자 다른 여인들도 따라 일어섰다.

"혜만 따라오고 월이, 너는 여기 있어라. 이옥상 소저. 제 동생을 부탁합니다."

"걱정 마세요."

검을 귀신처럼 휘두르던 마지막 전투 때의 모습은 이미 온데간데없고, 차분하고 순한 얼굴로 돌아온 이옥상이었다.

"가지."

"네……."

무린이 나서고, 단문영이 그 뒤를 따라 나섰다. 밖으로 나오자 이미 비천대가 대기하고 있었다. 그들 앞에 선 무린. 무린의 옆으로 단문영과 무혜가 섰다.

"만독문이 근처에 있다. 여기 단문영의 가문이지. 일전에 말했던 대로 나는 만독문과의 전투는 피할 생각이다. 다행히 만독문과의 은원은 없다. 오히려 만독문의 무인이라 할 수 있는 단문영에게 도움을 받았지. 이의 있는 사람 지금 말하라."

"……."

"……."

침묵.

그리고 도리도리.

없다는 뜻이었다.

"좋아, 출발하자. 장팔! 앞장서라."

"네!"

무린의 말이 끝나자 장팔이 자신 있게 대답하고, 바로 쏘아져 나갔다. 툭툭툭, 지면을 툭툭 밀어차면서 그의 신형이 점차 빨라졌다.

무린은 무혜를 이미 안은 상태였고 장팔의 뒤에 바짝 붙어 있었다. 무린의 뒤로 남궁유청을 포함한 이십의 비천대만 빼고 전부 뒤따라오고 있었다.

마침 해가 슬슬 질 무렵이고, 소요진의 날씨는 다시금 좋지 않아졌기에 사방이 어두웠다. 비천대의 모습은 육안으로는 파악하기 힘들게 언덕을 넘어 숲으로 사라졌다. 숲에 들어서서도 비천대는 속도를 멈추지 않았다.

기습 작전이 아니었다.

정면으로 가서 길을 막고, 설득시켜 돌려보내는 게 목적이었다. 그러니 최대한 빨리 달려 만독문과 조우하는 게 먼저였다.

만독문을 만나는데 걸린 시간은 그리 길지 않았다. 이미 상당히 깊숙이 들어왔는지 숲에 들어선 지 반각도 안 되어 만독문의 정예들을 만날 수 있었다. 거침없이 무린은 앞으로 나섰고 앞을 막아섰다.

"……"

"……."

갑자기 나타난 비천대에 놀랐는지 만독문의 정예들은 흠칫 굳으며 급히 전투태세를 갖췄다.

"내려줘요."

옆에서 들려오는 조용한 목소리. 백면에게 안겨온 단문영의 목소리였다.

사박.

바닥에 내려선 발로 인해 눈이 눌리며 나는 소리가 천둥처럼 크게 들렸다. 고요한 숲인데다 서로 침묵하고 있었기 때문이었다.

사박, 사박.

단문영은 앞으로 걸어 나섰다.

"문주님. 그동안 안녕하셨어요."

"음, 이 목소리는… 문영. 문영이구나."

"네……."

단문영은 그 자리에 무너지듯 무릎을 꿇고, 만독문의 가장 앞에 선 중년의 사내에게 깊은 절을 올렸다.

파르르 떨리는 어깨가 그녀의 지금 심정이 어떤지를… 말해줬다.

第百六十四章

만독문(萬毒門)

"감히⋯⋯."

그 절에 대한 대답은 단문영이 절을 올린 중년 사내가 아닌, 바로 그 옆에 중년 사내에게서 나왔다.

거지도 울고 갈 처참한 몰골이지만 그 사냐의 눈에서는 너무나 선명한 녹색 빛이 맺혀 있었다. 만독문 직계가 익히는 특유의 내공심법을 운용할 때 나오는 눈빛이었다. 이들은 이 눈빛을 두고 진녹안(眞綠眼)이라 불렀다.

그리고 저 정도 선명함이면 최소가 절정을 넘어섰을 때나 나온다고 보면 됐다.

"네가 지금 그곳에 무릎을 꿇을 자격이 있더냐……!"

쩌렁!

파스스!

내력이 실린 목소리에 숲이 파르르 떨었고, 나뭇가지에 맺혀 있던 눈덩이들이 우르르 떨어졌다.

"숙부……."

"닥쳐라! 감히 숙부라는 이름을 담지도 마라! 변절자 따위가 어디서……!"

"숙부님……."

"닥치라고 했다!"

우웅!

공기가 갑자기 떨었다. 그리고 이곳저곳에서 우웅, 우웅거렸다. 소리가, 음파가 갑자기 퍼져 나가지 못하고 서로 조우한 이 공간에서만 메아리처럼 울리다가 사라졌다.

무린이 앞으로 나섰다.

"비천대주 진무린이오. 인사가 늦었소."

"비천객… 아아……! 문석이의 원수구나!"

"맞소. 하지만 그 얘기 말고 다른 얘기를 하러 왔소."

"뭐라?"

"부득이 이 주변 공간의 소리를 빠져나가지 못하게 차단했소."

"허?"

무린의 말에 만독문은 물론 비천대도 놀랐다. 소리를 차단해? 그게 무슨 소린지 일순 감을 못 잡은 것이다.

그게 가능한 일인가? 물론 시중에 나도는 이야기나 소설 속에서 존재하는 경지이긴 했다. 기를 막처럼 펼쳐 음파를 차단하는 경지. 하지만 그건 말 그대로 소설 속이고 여기는 현실이다.

물론 무린이 정말 기를 막처럼 펼친 건 아니었다. 단지 남은 느낄 수 없는 음파의 진동을 느꼈고, 그걸 비천신기로 튕겨낸 것뿐이었다.

탈각의 무인은, 거의 이야기 속 주인공에 가깝다고 해도 과언이 아니었다.

"길지 않게 본론만 얘기하겠소. 구양가는 며칠 전 궤멸했소. 당신들이 이곳에 괜한 걸음을 한 것이오."

"구양가가… 궤멸? 놈! 말 같지 않을 소리를!"

"숙부! 사실이에요! 구양가는 가주부터 전부 죽었어요!"

"넌 닥치거라! 숙부라는 소리도 입에 담지 말고! 같잖은 것들이 어디서 세 치 혀를 놀리느냐!"

이글이글 불타는 눈빛.

단문영이 숙부라고 부르는 중년 사내는 정말 단문영을 찢어 죽일 듯이 노려봤다.

물론… 그럴 만도 했다. 그들의 입장에서 단문영은 가문을 팔아넘긴 배덕자나 다름없으니까. 독의 파훼법을 넘긴 순간부터 만독문은 전력의 태반을 잃은 것과 같았다. 앞으로 만독문은 정말 쥐 죽은 듯이 살아야 할 것이다.

물론 이 정마대전에서 살아남는다면 말이다.

"염아, 물러서라."

"형님!"

"물러서. 단체의 장이 직접 얘기를 걸어온다. 당연히 내가 나서 대화해야 옳다. 그러니 물러서라."

"……"

대답을 하지는 않았지만 단문영의 숙부 단염은 조용히 물러섰다. 물론 눈빛은 아직도 죽지 않았다. 이름이 염(炎)인 것처럼, 성격도 정말 불같았다.

"만독문주요."

이름은 밝히지 않는다.

그러나 무린은 그런 건 상관없었다.

얘기만으로 돌려보낼 수만 있다면 그걸로 족했으니까.

"진무린이오."

"정말 구양가가 궤멸했소?"

"못 믿으시겠소?"

"어찌 믿을 수 있겠소?"

"이러면… 믿겠소?"

화아악!

기이잉!

비천신기가 순식간에 눈을 뜨고, 맹렬하게 회전하기 시작했다. 동시에 비천무제 특유의 무시무시한 위압감이 공간을 장악하기 시작했다.

그건 정말 순식간이라고밖에 표현할 길이 없었다. 게다가 무린은 이미 기세의 조절도 가능해졌는지, 오직 전방으로만 기세를 퍼트려 만독문의 무인들만 기세로 찍어 눌렀다.

"허, 더 늘었군……."

백면의 나지막한 말을 뒤로 한 무린은 한 발자국 앞으로 걸었다.

저벅.

크으…….

큭!

컥! 크읍!

단지 한 발자국이었다. 그 한 발자국에 나오는 반응은 격렬했다.

내력이 약한 무인들은 무린의 기세를 버티지 못했다. 무린에게서 멀어지려는 본능적인 뒷걸음질은 예사였다. 무릎을 꿇는 자들도 있었고 심지어 피를 토하는 자들도 있었다.

"꼭 보여줘야만 믿는 자들이 있지. 좋게 말해주니 내가 만만해 보였나……?"

웅웅.

나직한 뇌까림.

그 말조차 공명을 하면서 사방으로 퍼졌다. 마치 온 사방에서 얘기하는 것처럼.

모름지기 무력시위가 가장 잘 먹히는 상황 중에 하나가 꼭 이렇게 말로 해서 못 알아들을 때였다. 일견 무식하다고 하겠지만, 사실 이것만큼 확실한 방법도 찾기 힘들었다. 시간도 없는데 언제까지 말로 설득할 것인가?

저벅.

무린이 다시 한 걸음을 내디뎠다.

그러자 이번엔 가장 가까이 있던 만독문주와 단염도 신음을 흘리며 뒤로 물러났다.

"으음……."

"크으……."

누가 형제 아니랄까 봐 비슷한 신음.

그러나 그게 무린을 멈추지는 못했다.

"처음엔 단문영에게 당신들을 설득시켜 보내려고 했다. 하지만 내가 잘못 생각했군. 그냥 힘으로 다 제압하거나 내쫓으면 될 것을."

"이놈……."

"닥쳐."

꽈직!

어느새 단염의 앞에 다가간 무린이 주먹으로 그의 턱을 후려쳤다. 탈각의 무인인 비천무제의 움직임을 그가 잡아낼 수 있을 리가 없었다. 그냥 넋 놓고 일격을 허용했고, 그의 턱은 그 한 방으로 그냥 박살 났다.

"주제 파악, 분위기 파악 못하고 나불거리는 입은 화를 불러오지. 고마워해야 할 것이다. 얘기를 계속하지. 더 확인해 보겠나?"

마지막 말은 만독문주에게 향했다.

만독문주의 눈은 차갑게 가라앉아 있었다. 일문의 문주다. 이건 그에게 아마 치욕 그 이상일 것이다.

하지만 그걸 무린이 알아줄 이유 따윈 없었다. 무린은 만독문과의 싸움만 피하면 된다. 단문영. 그녀를 위해서. 단지 그뿐이다. 자신을 도와준 단문영을 위해 만독문만은 화를 피하게 해주는 것.

결코 만독문과 교류하고 싶은 생각이 없었다. 빌어먹을 정마대전이 일어난 데는 만독문도 단단히 거들었다.

스승님은 많은 사람과 머리를 맞대라 했지만, 그렇다고 마도와 손을 잡으라고는 안했다. 그러니 이 정도가 딱 좋다.

"확인하겠냐고 물었다. 그렇다면 더 보여주지. 단··· 두 팔, 두 다리 멀쩡히 돌아갈 생각은 버려야 할 것이다."

"······."

화르르······.

들끓다 못해 아주 폭풍처럼 몰아치기 시작하는 무린의 기세. 작정하고 끝까지 끓어 올린 무린의 기세는 좀 전과는 또 달랐다. 이번엔 아예··· 죽이고자 하는 살기까지 들어 있었으니까. 완전한 적의.

그게 섞인 기세는 범인은 즉각 기절, 사망시킬 정도로 압도적이었다. 무린의 얼굴이 눈매가 서서히 가늘어졌다.

"생각이 길군······."

말이 끝나고.

빠각!

컥······.

파열음과 비명이 동시에 울렸다. 쓰러져 있던 단염을 넘어 그 뒤에 있던 양 떼 사이로 무린이 진입한 것이다.

빡!

퍼버벅!

손짓, 발짓 한 번씩이다. 만독문 무인이 쓰러지는데 필요한 손속은. 간결한 동작으로 서서 툭툭 끊어 치듯이 공격을 날리면, 그 일격은 전부 만독문 무인의 몸에 틀어박혔다. 그리고 스르륵. 그대로 실 끊어진 인형처럼 제자리에 쓰러졌다. 뒤로 날리지도 않고, 정확히 의식만 딱딱 끊어버리는 무린.

급이, 격이 달랐다.

완전히.

탈각의 무인이란 게 뭔지 제대로 보여주는 무린이었다. 만독문 무인들은 그런 무린의 무위에 놀라 물러섰다.

무린은 서 있다.

그런데 희끄무레한 뭔가가 쭉 뻗어지고 나면 타격 소리가 들렸고, 한 사람씩 쓰러졌다.

다가간다? 공격한다?

하고 있었다.

만독문은 독문이다.

이미 독은 하독했다.

그러나…….

"겨우 이딴 독 따위로… 가소롭군."

화르르!

불이 타오르지는 않았다. 그런데 아지랑이 같은 게 무린의 주변으로 피어올랐다. 증발, 기화. 어떤 단어를 써도 어울릴 현상이었다.

"아직도 결정을 못 내렸군……."

다시 나직이 중얼거리는 무린.

무린은 그 후 단문영을 바라봤다. 그녀와 시선이 마주치자 무린은 고개를 살짝 숙였다. 사죄의 표시다.

지금부터 할…….

끔찍한 무력시위에 대한 사죄.

그럼 단문영은?

두 사람은 이어져 있다.

하지만 굳이 혼심으로 읽지 않더라도 무린이 고개를 숙인 의도는 명명백백했다. 단문영도 당연히 알아들었다.

단문영은… 천천히 고개를 끄덕거렸다.

파르르 떨리는 입술, 눈빛, 몸 전체를 겨우 통제해서.

무린은 단문영의 허락에, 즉각 입을 열었다.

"비천대, 제합해라."

네!

짧고 굵은 복창이 나왔고, 비천대는 즉각 품안에서 주머니를 꺼내 그 안에서 단약 하나를 입에 넣어 삼켰다. 무엇을 삼키는지는 너무나 알기 쉬웠다.

해독약.

"다 잡아 족쳐!"

장팔이 명령이 떨어지자마자 무린을 따라온 오십의 비천대. 척후로 나왔다가 숲 주변에 숨어 있던 비천대가 일거에 튀어나와 만독문을 덮쳤다.

                    *   *   *

  비천대의 움직임은 비호(飛虎)같았다.

  이미 무린이 반 이상을 제압해 놓았기 때문에 비천대는 거
침없이 만독문의 무인들을 제압하기 시작했다.

  더욱이 만독문은 독이 주력이다.

  재조한 독이나, 혹은 그 독을 손에 담은 독장이나. 독은 만
독문의 전부라고 해도 과언이 아니다. 그런데 단문영이 제조
한 해독약을 먹어버리니 만독문은 오직 일신의 무공으로만
비천대를 상대해야 했다. 그러나 그게 쉬울 리가 없었다. 이
미 전장을 수없이 겪어 잔뼈가 굵다는 말로도 설명이 불가능
한 비천대다.

  이 정도면 학살이라고 해도 좋다. 만약 비천대가 살수를 썼
다면.

  그만큼 만독문은 철저하게 박살이 났다.

  반각이 조금 넘었나? 만독문도들이 전부 무릎을 꿇는 데까
지 걸린 시각이다.

  "끄응!"

  "크으······."

  여기저기서 신음이 흘러나왔다.

"아직도 마음의 결정이 안 섰나? 이젠 정말 마지막이다."

무린의 말은 이제 나직하다 못해 서늘했다.

더 이상 여유를 줄 틈이 없었다. 남궁세가를 포함한 정도가가 수상한 낌새를 느끼면 곤란한 건 만독문만이 아니다. 무린도 비천대도 엄청 곤란해진다.

그러니 이제 확답을 받아야 했다.

"돌아가라. 이제 두 번 말하지 않는다."

쿵.

마치 선언처럼 떨어진 무린의 말은 이제 더 이상의 여지가 없다는 걸 선포했다. 단순히 말만 하는 게 아니었다. 이제는 정말 양단간의 선택을 해야 한다.

"싫다면 어쩔 수 없지. 단문영에게는 미안하지만……."

뒷말은 뱉지 않았다.

하지만 전부 이해했을 것이다. 무린이 무슨 말을 하려 했는지. 만독문주는 무린의 말에 입술을 꾸욱 깨물었다.

안 그래도 박살 난 자존심이다. 그것도 산산조각.

강요다 못해 협박이다.

천하의 마도오가. 만독문의 문주가 지금 협박을 받고 있는 것이다. 가당치도 않을 일이다. 하지만 무린은 그걸 가능하게 만들고 있었다. 탈각의 무인이니 가능한 일이었다.

"알겠소……."

결국 만독문주의 입에서 협박에 굴복하는 대답이 나왔다.

"혀, 형님!"

"문주님!"

그 대답과 동시에 곳곳에서 경악에 찬 외침이 흘러나왔다. 이해할 수도, 하기도 싫었던 것이다. 단지 무인 하나에 만독문 전체가 무릎 꿇은 것이다.

"그만들 해라. 여기서 다 죽을 순 없지 않겠느냐."

"하, 하지만……!"

"그만하라고 했다. 허허, 이미 진 전쟁이야. 구양가가 궤멸했다면… 마도에 더 이상 희망은 없다. 이 전쟁은 진 게야."

"아, 아아……."

탄식이다.

전쟁에서 졌다는 문주의 말에, 그동안의 고생과 노력이 모두 수포로 돌아가게 되었다. 그 때문에 나오는 탄식.

만독문주가 체념한 표정으로 무린을 바라봤다.

"그대가 구양가를 궤멸시켰소?"

"……."

무린은 대답 대신 고개만 끄덕였다.

구양가, 무린이 궤멸시켰다고 해도 과언이 아니다. 탈각을 이룬 이후 무린의 재난입은 전세를 완전히 뒤집어 버렸다. 아주 조금의 사정도 주지 않고, 철저하게 소요진의 마도가를 몰아 붙였고, 이윽고 싹 잡아 죽였다.

전부가 무린의 공이라고 할 수는 없으나, 거의 반 이상은 무린 개인의 공이라고 봐도 좋을 정도였다.

아니, 무린의 공이었다.

그러니 무린의 수긍은 결코 과한 게 아니었다.

"허어……."

만독문주는 고개를 절레절레 저었다.

무인 혼자서 전쟁을 뒤집었다. 만독문주는 이런 건 상상도 못했다. 구양가가 어떤 가문인가. 감히 마도일가를 자처했지만, 그 누구도 이견을 달 수 없는 무력을 갖춘 가문이 바로 구양가다.

그런 구양가를 무인 개인의 힘이 개입해 뒤집었다.

"허허, 허허허……."

허탈한 웃음소리밖에 만독문주는 흘릴 수밖에 없었다. 그게 그가 할 수 있는 감정 표현의 전부였다.

"아버님……."

단문영이 앞으로 나섰다.

그러자 만독문주의 웃음이 멈췄다.

"그만, 다가오지 말라. 그리고 아버님이라는 말도 하지 말거라. 네가 문을 나선 순간부터 이미 너는 내 딸이 아니다. 파문은 이미 오래전에 했으니 돌아올 생각도 하지 말거라."

"⋯⋯."

천륜을 끊어버리겠다는 만독문주의 말에 단문영은 아무런 대답도 할 수 없었다. 그녀도 본인이 한 일은 아주 잘 알고 있었다.

배신.

그 어떤 말로도 그걸 다른 단어로 바꿀 수가 없었다. 그녀 본인의 의지와 그녀가 체감하고 있는 천명을 따라 움직였다지만 분명히 본가를 배신했다. 그건 변하지 않는다. 단문영 본인도 그건 잘 알고 있었다.

그러니 자신의 아버지가 하는 말에 아무런 말을 못하는 것이다. 무슨 말을 하더라도 변명이 될 테니까.

결코 자신의 입장을 설명해서 이해시킬 수 없을 테니까.

천명론.

누가 믿어주겠나.

무린이니까, 비천대니까. 이미 이들도 겪고 있으니까 믿어주는 거지, 아마 만독문주인 자신의 아버지는 믿어주지 않을 것이라 생각했다.

하지만.

그건 단문영의 오산이었다.

"어려서부터 너는 유별났지. 이상한 게 보인다는 둥. 항상 그런 믿지 못할 소리를 하곤 했지."

"아버님……."

"하얀 연기가 빠져나온다. 뿌옇게 변해 흩어진다. 이런 얘기들… 누가 믿을 수 있으랴. 허허. 언제였던가? 네가 그런 말을 하지 않게 된 게."

"……."

멍하니, 온통 먹구름밖에 없는 하늘을 올려다보는 만독문주. 협박에 굴복하고 체념하고 이제는 아련한 표정이었다.

뭘 생각하는 걸까.

"아마도 유정이 눈을 감은 이후가 아닌가 싶구나. 네 말이 사실이라면… 너는 본 거겠지. 유정이 죽던 모습을."

"……."

단문영은 대답하지 못했다.

저 말은 사실이었으니까.

어머니가 죽는 모습을 예견한 단문영은 그 이후부터 입을 잘 열지 않았다. 알아주지 않는 공허한 외침밖에 안 된다는 걸 깨달았기 때문이다.

입이 닫히니 교류 자체가 닫혔다.

단문영의 어린 시절은 그랬다.

"이제는 좀… 믿을 수 있겠구나. 이 전쟁을 시작할 때 너는 그랬지. 힘들 것이라고. 결코 좋지 못하다고."

"아버님……."

"네 말대로 됐구나. 속이 후련하느냐?"

"……"

조용조용 나온 말이지만,

단문영은 알 수 있었다. 가만히 듣고 있는 무린도 알 수 있었다. 그 말에 원망이 들어 있었음을.

"그 힘… 이 애비를 위해 썼으면 좋았을 것을……"

"아버님……"

"듣기 싫다. 그 아비란 말도. 어차피 이제 우리의 연은 끝이다. 허어……! 문석이가 하늘에서 울겠구나. 눈도 편히 못 감고."

"……"

만독문주는 대답을 못하는 단문영에게서 시선을 떼고 무린을 봤다. 두 사람의 시선이 마주쳤고, 무린은 그의 눈빛에서 느낄 수 있었다.

고맙다고.

잘 부탁한다고.

무린은 그의 속마음은 지금 한 말과는 전혀 다르다는 것을 알았다. 무린은 그래서 그냥 고개만 끄덕였다.

무린이 고개를 끄덕이자 만독문주는 바로 신형을 돌렸다.

"언제까지 추하게 누워있을 셈이냐."

그 말과 동시에 크웅, 끄웅……. 앓는 소리들이 들렸다. 경지에 든 무인들이 신음을 흘리는 걸 보니 비천대가 얼마나 손속을 강하게 썼는지를 알 수 있었다.

육십이 조금 넘는 만독문도가 일어나자 만독문주는 바로 걸음을 옮겼다.

"돌아간다."

네!

그래도 기상은 잃지 않으려고 하는지, 대답은 짧고 강렬했다. 만독문도들은 빠르게 빠졌다. 숲은 금세 조용해졌다.

무린은 주변을 둘러보다, 장팔에게 명령을 내렸다.

"먼저 갈 테니 흔적을 지우고 와라."

"네!"

무린이 걸음을 떼자 그 뒤를 무혜와 단문영이 따라 붙었다. 다른 비천대원들은 그 자리에 남았고. 어느 정도 거리가 벌어지자 단문영이 조용히 입을 열었다.

"고마워요."

"별말을. 당연한 일을 한 것뿐이다."

"그래도요……."

"단문영, 너는 비천대원이야. 대원을 챙기는 게 인사받을 일은 아니라고 생각하는데."

"네, 알아요. 하지만 그대로 고마운 건 고마운 거죠."

"고집은 하여간……."

"후후."

무린은 절레절레 고개를 저었다.

이럴 때는 그냥 받아들이는 게 모양새가 좋겠구나 싶었다. 이후 다시 무혜를 바라보는 무린.

"혹시 몰라 너를 데리고 왔는데, 괜히 피곤하게만 했구나."

"아닙니다."

"그래. 내일 남궁세가로 갈 생각이다. 너는 월이, 스승님과 함께 제갈세가로 돌아가거라. 어머니를 모시고 돌아가마."

"같이… 가고 싶지만 이번에는 고집부리지 않겠습니다."

"고맙구나."

"……."

무혜는 고집부리지 않았다.

모르긴 몰라도, 아마 남궁세가에 가면 상당히 격렬한 전투가 벌어질 것이라는 걸 무혜는 알고 있었다.

전투가 벌어지면 아마도 전면전이다. 무혜에게 신경 쓸 전력조차 아까워지는 상황이 반드시 올 것이다.

그러니 애초에 비전투대원은 없는 게 유리할 것이다. 무혜는 그 부분을 아니까 고집부리지 않는 것이다. 대화는 거기서 끝이었다.

숲을 빠져나와 언덕을 지나 진형으로 돌아오자 일단의 무리가 보였다. 가장 선두에는 역시 남궁현성이 있었다.

"어딜 갔다 오시는 길이시오?"

"산책이오. 그럼 이만."

무린은 그 질문에 스쳐 지나가면서 대답했다. 누가 보더라도 대화하기 싫다는 의도에 위한 행동이었다. 무시. 천하의 남궁현성을 무시한다는 것은 당연히 남궁세가 무인들의 눈살을 찌푸리게 만들었다.

무린에게 받은 도움을 상상을 초월한다. 그들도 그건 안다. 하지만 자신들의 가주를 무시하는 행동은 또 다르게 받아들이는 것이다.

"산책 중에 그리 험악한 기세를 내뿜다니, 그것 이상하오만⋯⋯."

말끝을 흐리면서, 이유를 물어왔다. 말 자체에 여지를 남겨두었기 때문에 듣는 사람들로 하여금 여러 가지를 상상하게 만들었다. 무린은 가던 걸음을 멈췄다. 자극을 하고 있었다. 무린은 고민하지 않았다.

'받아주지.'

그걸 원한다면.

"내가 산책하면서 뭘 하는지까지 보고해야 할 의무가 있나?"

"허어⋯⋯."

무린의 반말은 남궁현성이 인상을 찌푸렸다. 하지만 무린은 안다. 저 인상 찡그림조차 노림수라는 것을. 의도된 행동이라는 것을.

한숨과 함께 저리 인상을 찡그리니, 마치 자신이 모욕이라도 받았지만 감내하고 있다는 모습으로 비춰졌다.

남궁현성.

극히 냉정하면서도, 상황에 따라 교활한 모습까지 보일 줄 아는 자였다.

"일가의 가주시다. 예의를 지켜주는 게 맞지 않나. 아무리 비천객이라 하더라도 더 이상의 무례는 용서하지 않겠다."

그리고 아주 딱 맞춰서 그런 남궁현성을 대변하고 나서는 이가 있었다. 올곧은 표정. 그건 좋게 표현했을 때고, 꽉 막힌 답답한 얼굴이다.

남궁유성이었다.

"그쪽은 예의를 바라면서 왜 나에게는 예의를 지키지 않지? 앞을 가로막고 내 행동을 하나하나 캐묻는 게 예인가? 그게 그대들이 생각하는 예의인가?"

"그저 물었을 뿐이다."

"내가 기분 나빴으면 그건 실례다."

"⋯⋯."

무린의 말도 맞다.

제아무리 악의 없는 행동이었다 하더라도, 그걸 받아들이는 사람이 불쾌했다면 하지 않는 게 옳다. 무린은 분명 얘기하고 싶지 않아 했다. 그러나 그럼에도 캐물은 건 남궁현성 쪽이다. 물론 무린이 예민하게 반응한 것도 있다. 따지고 들자면 한도 끝도 없을 일이다.

"비천객은⋯ 무만 높지, 예절은 꽝이군. 문야님의 제자라더니⋯⋯ 대체 뭘 가르친 것인지. 쯔쯔."

"⋯⋯."

남궁유성이 혀를 찼다.

그 말에 무린은 신형을 완전히 돌렸다.

第百六十五章

재시작(再始作)

귀환병사

서늘하게 퍼지는 기세.

만독문과의 일전이 있긴 했지만, 그건 식후 몸 풀기도 되지 않았다. 격렬한 움직임도 없었다. 오히려 육체를 활성화시켜 주기만 했다. 아주 딱 좋게 덥힌 상태였다.

'그래, 길게 끌 필요 없지. 어차피 며칠 안에 시작했을 일.'

이제는 그만 끌고 싶었다.

이게 현재 무린의 반응이 날선 상태로 만든 원인이었다. 먼저 시비를 걸어온다면, 먼저 트집을 잡아온다면, 못 받아줄 일이 어디 있나. 지금은 예전과 달랐다. 달라도 너무 달라, 괴

리감을 느낄 정도였다.

"시비를 걸고 싶은가?"

"시비라… 누가 시비를 걸고 있는지 모르겠군. 일가의 가주를 먼저 모욕한 건 비천객, 당신이다."

"하하."

무린은 웃었다.

교묘한 말로 시비를 걸어오더니, 이제는 책임마저 떠넘긴다. 남궁유성이 이렇게 잔대가리를 굴리는 위인이었던가? 아니면 남궁현성의 노림수인가.

'뭐라도 상관없겠지.'

마음먹었다.

받아주기로.

비천대가 하루밖에 못 쉬었지만, 그 하루면 알아서 몸 상태를 끌어 올릴 수 있는 역량이 비천대에게는 있었다. 물론, 비천대까지 나서게 할 생각은 없었다. 그리고 그렇게 전면전이 터질 일도 없었다.

남궁세가가 미치지 않은 이상 세가 무인을 동원해 비천대를 칠 수는 없을 것이다. 이곳 소요대회전을 승리로 이끈 것은 누가 뭐래도 자신, 그리고 무혜와 단문영. 이 셋과 함께하는 비천대였으니까.

보는 눈도 많았다.

황보가, 제갈가까지.

정도오가 중 두 가문이 이곳에 있었다. 남궁세가가 비천대를 치는 순간 그들은 세인의 비난을 피할 수가 없어진다.

그런 선택을 할 남궁현성이 아니었다.

아마 이 행동은… 추후 무슨 일이 벌어졌을 시 명분을 확보하기 위한 일일 것이다. 하지만 잘못 생각했다.

예전과 지금이 너무 다르다는 것을 남궁현성은 놓치고 말았다. 스윽, 무린이 비천흑룡을 뽑아 들었다.

비천은 왼손에, 흑룡은 오른손에. 빙글빙글 돌리다가 이내 둘을 합쳤다. 처걱. 하고 아귀가 맞아 들어가며 이내 비천흑룡은 완연한 장창이 되었다. 직후 어둠 속에도 섬뜩한 예기와 무거운 위압감을 생성하기 시작했다.

"검을."

묵직한 한마디를 뱉은 무린은 창을 들어 남궁유성을 겨눴다. 정확히 미간에 겨눈 다음 뒷말을 뱉었다.

"뽑아라."

화르르……!

직후 불길처럼 무린의 기세가 퍼지기 시작했다. 역시 아군은 피하고, 오직 남궁세가 무인들에게만 쏘아지고 있었다.

남궁유성의 얼굴이 삽시간에 굳었다. 무린의 기세. 제아무리 절정의 무인이라도 쉽게 받아낼 성질의 기세가 아니었다.

게다가 점차 무린은 탈각의 무에 적응하고 있는 상태였다. 그걸로 끝이 아니라 새로운 것을 계속해서 터득해 나가고 있었다. 생각지도 못했던 것들이, 생각으로만 가능했던 것들이 실제로 마음만 먹으면 가능해졌다.

지금처럼 표적, 영역만 설정해 기세를 뿌리는 것도 그중 하나였다. 그때 누군가 나섰다.

사악.

희뿌연 검신이 무린의 앞을 그었다. 무린을 향한 공격은 아니었다. 공간만 베어버린 검. 풍채가 좋고 사람 좋게 생긴 얼굴이 인상적인 검객.

남궁철성이었다.

그의 일격에 무린의 기세가 갈라졌다. 무린은 그에 조금 놀랐다.

설렁설렁한 기세를 일으킨 게 아니었기에 남궁유성에게는 불가능한 일이다. 남궁현성도 마찬가지. 남궁세가의 장로원주라 불리는 이도 불가능하다. 탈각의 기세를 가르는 건 같은 경지에서나 가능하다.

"그만하시게."

가볍게 내던지는 말에 무린은 눈이 조금 가늘어졌다.

오호라…….

못 보았던 것들이 보였다.

예전에 보았던 남궁철성과 지금 남궁철성은 달랐다. 무린은 철대검의 무력이 절정의 벽을 넘었다는 것을 깨달았다.

하지만 다른 것도 깨달았다.

완전하지 않다는 것.

제대로 느껴지는 남궁철성의 무력이다. 만약 같은 급이었다면 못 봐야 정상이다. 무린의 기세를 가른 것만 해도 그에게는 상당한 내력, 심력이 필요했을 것이다.

"시비는 그쪽이 먼저다. 천하제일가의 인물들이면 사람의 길을 막는 것도 자유인가? 꼬치꼬치 캐묻는 것 정도는 당연한 일인가?"

"비천객."

"말하라."

"예민하게 반응한 건 그쪽도 마찬가지네."

"시비를 걸러 온 사람에게 맞받아줄 요량이었다면?"

"그래도 참아주시게."

"참아 달라?"

개소리…….

좋아, 그래.

시비건 것 자체는 참아 줄 수 있다. 철대검이, 벽을 넘은 무인이 저리 나오면 받아줄 의향도 있었다.

오늘만 날이 아니니까. 어차피 며칠 내로 폭탄은 터질 테니까. 하지만 절대 못 참는 게 하나 있었다.

"내 스승님을 욕했다. 이건 어떻게 생각하지? 이것도 참아야 하나?"

"……"

아차 하는 얼굴이 된 남궁철성.

이건 명백한 실수다.

너무 나간 것이다. 물론 그도 안다. 이런 상황을 유발시키라고 남궁현성이 남궁유성에게 넌지시 지시한 사실을. 하지만 남궁유성은 이런 일에 익숙지 않아 실수를 범했다. 바로… 그 자신의 명성으로도 감당하지 못하는 문인을 욕보인 것이다.

이는 매우 무겁다.

"다른 건 다 용서할 수 있다. 하지만 같잖은 대검의 명성을 믿고 감히 나의 스승님을 욕보인 것만큼은 참을 수 없겠는데."

"……"

화아아악!

좀 멀리 떨어진 곳에서, 무린의 기세처럼 불길같이 일어나는 기세. 끈적끈적한 살기가 적나라하게 담긴 투지.

비천대가 돌아온 것이다.

그들은 주변을 둘러싸고 있는 무인들을 기세로 가르고 들어왔다. 그리고는 바로 무린의 뒤로 돌아가 섰다.

직후 무린이 손을 들자 기세는 씻은 듯이 사라졌다.

"선택은?"

"방자하군."

무린의 말에 남궁현성이 다시 나섰다. 그도 반 존대에서 이제는 완전히 평대로 내려가 있었다.

앞에선 그가 기세를 피워 올린다. 무린 정도는 아니지만, 천하제일가 가주의 위엄이 가득 서린 기세였다. 무겁고 진중하고 천뢰제왕공의 내력까지 받아 좌중을 찍어 누르는 기파. 무린과 비슷하지만, 그래도 한 끗발 떨어졌다.

"같잖은……."

기잉, 기잉!

화르르!

비천신기가 돌기 시작하면서 이전과는 차원이 다른 기세를 만들어 내기 시작했다. 아니, 이제는 기세(氣勢)를 넘어 기파(氣波)에 가까웠다. 단지 무형의 기운을 퍼트리는 게 아닌, 내력까지 심어 유형의 기운을 전방으로 투사했다.

묵직하다 못해, 천근의 거력이 담겨 있다 느껴질 무린의 기파가 남궁세가 무인들을 찍어 눌렀다.

우우웅!

순간 공명이 일더니 무겁고, 또 무거운. 철검의 기운이 무린의 기파를 막아섰다. 그리고 그런 철검의 기운을 도와 제왕공의 내력이, 대연신공의 내력 그 뒤를 받쳤다. 삼 인이서 무린의 기파를 막아서고 있던 것이다. 막아서는 게 전부였다. 무린의 기파를 밀어내지도, 부수지도, 가르지도 못했다.

슬금, 슬금.

마음속 깊은 곳에서부터 올라오는 감정. 그 감정을 무린은 제어하지 않았다. 자신과 동화되게 내버려뒀다.

이젠 무린이 짜증이 났다. 짜증은 무린을 저돌적으로 만들었다. 물론, 앞뒤 생각 안 하는 일자무식은 아니었다.

척.

쉬아악!

어느새 상단으로 치켜든 창을 그대로 내려찍었다. 창의 궤적에 걸리는 이는 남궁유성. 얼굴조차 보기 싫은 자. 그동안 참고 참았는데, 무린은 그 참을성을 의도적으로 밀어냈다. 그걸 밀어내니 공격하는데 아무런 거리낌이 없어졌다.

쩡……!

남궁철성이 급히 나서서 그 창을 막았다.

"큭……."

남궁철성이 신음을 흘렸다. 그리고 무릎이 강제로 굽혀졌다. 창에 실린 비천신기를 탈각의 절반을 이룬 남궁철성조차 완전히 막지 못한 것이다.

"생각이 바뀌었다. 이젠 짜증나서 도저히 맞춰줄 수 없겠어."

그그극!

무린은 턱을 치켜 올렸다. 그 모습은 지극히 오만스러운 모습을 만들어냈다. 그 얼굴에는 짜증이 극에 달한 표정이 걸려 있었다.

"오늘 끝을 본다."

그극!

"큭! 비천객……! 잠시 얘기를……."

"얘기? 무슨 얘기. 내 스승을 욕보인 자가 눈앞에 있고 반성의 기미가 없다. 잘잘못? 그걸 따지기에는 이미 내가 너무 짜증나. 이리저리 재는 것도 이젠 지쳤다. 힘으로 해결하지. 너희들이 좋아하는 힘. 명분은 버리고, 오직 힘으로 해결하자. 어때, 찬성하나?"

"제발 얘기를……."

쿵!

"닥쳐. 얘기는 질리게 했다. 가만히 있었더니 아주 사람을 슬금슬금 건드리는데… 후회하게 해주지. 스승님이 계시다고 내가 순한 양처럼 있을 줄 알았나? 오산이다. 네놈들은 큰 실수한 거야. 와서 시비 건 죄……. 이번엔 피로 받아주마."

"크윽!"

구웅!

굽혀졌던 무릎을 강제로 펴내며 무린의 창을 밀어내는 남궁철성. 그러자 그의 신형 옆으로 남궁유성이 빛처럼 스쳐 지나왔다.

사아악!

쩡!

퍽!

남궁유성의 검은 그대로 무린이 내려친 창에 맞아 땅에 처박혔다. 내력의 차이가 너무 크게 난 탓이었다. 비천신기를 막지 못하니 당연한 결과였다.

쉬악!

남궁유성은 검을 놓고 그대로 몸을 풍차처럼 돌렸다. 발꿈치가 무린의 턱을 노리고 들어왔다. 하지만 맞아줄 무린이 아니다. 고개만 살짝 당겨 피하고, 오히려 발이 지나가는 순간에 손바닥으로 정확하게 툭 밀어 쳤다.

그러자 오히려 남궁유성이 중심을 잃고 말았다.

퍼억……!

뱅글 도는 남궁유성의 옆구리의 무린의 좌장이 박혔다. 그 일장에 남궁유성은 컥! 하고 외마디 비명을 지르고 피를 토하면서 날아갔다.

날아가는 남궁유성을 남궁철성이 이동해 잡았다.

"크윽……."

우웩!

신음을 흘리다가, 이내 피를 한 바가지를 쏟아내는 남궁유
성. 그에 남궁철성의 얼굴에도 노기가 번지기 시작했다. 그러
나 무린은 눈 하나 깜빡하지 않았다.

"정말… 이럴 거요?"

"시작은 그쪽이 먼저다. 시비를 걸었으면 그 시비에 대한
대가도 당연히 생각했을 터. 내가 보는 눈이 많다고 설렁설렁
당해줄 거라 생각했나? 그리고……."

"비천객……!'

"분명히 말했다. 오늘 끝을 보겠다고. 나를 욕하는 건 상관
없다. 하나."

"으드득!'

남궁철성이 이를 갈았다.

상황이 이렇게 번질 줄은 그도 예상치 못했다. 이렇게 저돌
적으로 나올 줄은 정말 상상도 못한 것이다. 이 일, 전부 셋이
서 대화를 통해 벌인 일이다. 비열하고 치졸하나, 그들로서는
무린을 공적으로 만들 필요가 있었다.

그래야 힘을 얻을 수 있기 때문이다.

그들 혼자가 아닌, 다른 세가의 힘을 말이다. 발끈해 주길

원했다. 원한대로 무린은 발끈했다. 하지만 이건 아니었다.

이렇게 대놓고 무력을 쓰기 시작하면… 답이 없다.

무린 하나를… 현재 감당하지 못하고 있었다. 적당히 무린이 무례했어야 하지만, 무린은 시시비비를 가리기보다 그냥 힘으로 상황을 제압하는 방식을 택했다.

"스승님을 욕하는 건 결코 좌시할 수 없다. 감히… 누가 누구를 욕하는 것이냐. 대검(大劍)의 이름이 문야(文爺)의 이름보다 높은가!"

쩌렁!

무린의 호통이 소요진을 쩌렁쩌렁 울렸다.

"큭……."

남궁유성이 잘못한 한 가지. 바로 문야, 제갈문인을 욕했다는 점이다. 이렇게 되면 무린의 무력행사에도 정당성이 확보된다.

스승을 욕보인 자를 제자가 나서서 징치한다.

강호상에서 이런 일은 비일비재하고, 이럴 때 가장 효과적인 방법은 바로 직접 손속을 나누는 일이다. 이 경우 대부분 생사결로 번지며, 실제로 목숨을 잃는 경우도 발생한다.

정당방위.

무린의 짜증이, 지금껏 절제하던 것을 놓아버린 게 생각보다 좋은 방향으로 상황을 흘러가게 만들었다.

"일어서라. 그리고 검을 들어라. 분명히 말했다. 끝을 보겠다고."

"비천객… 아니, 진 대협. 제발 얘기를 좀……."

남궁철성은 절대로 무력 충돌은 피해야 한다고 생각했다. 남궁현성은 나서지 않았지만, 그도 이미 알고 있었다. 명분을 얻으려다 내주게 생겼음을. 남궁유성이 문인에 대한 말만 꺼내지 않았다면 이런 일은 없었겠지만 남궁유성은 너무 흥분했다. 무린, 진무린. 그의 무력에 너무 취한 것이다.

그의 무력이 남궁유성에게 자괴감을 선사했다. 그걸 벗어나려는 몸짓이 너무 과하게 이어져 지금 남궁철성이 이렇게 열심히 진화에 나서고 있는 것이다.

하지만 무린이 절제를 풀고 짜증을 매개로 저돌적인 행동을 보이는 데에는 문야가 받은 모욕 말고도 다른 이유가 숨어 있었다.

지금 당장 무린은 감추어야 할 게 있었다.

바로 만독문과의 만남이다.

혹시 모른다.

알고 있을지. 그리고 감추고 있을지. 그러니 여기서 말이 안 나오게, 극단적으로 상황을 몰고 가서 그 얘기 자체를 꺼내지도 못하게 할 생각이었다. 아니, 생각이 아니라 본능적인 행동이었다.

떳떳하지 못한 건 아니지만, 그렇다고 그게 이들이 이해할 수 있는 일은 아니었다. 단문영. 비천대니까, 무린이니까 이해하지, 아마 남궁현성이 알고 있다면 그것을 책잡아 분명 뭔가 일을 꾸밀 것이다.

그래서 무린은 거의 본능적으로 상황 자체를 의도적인 무력 분쟁으로 몰고 가고 있었다. 게다가 다행히 명분도 쥔 상태.

거칠 게 없었다.

"남궁유성. 앞으로 나서라. 그 발언에 대한 책임을 묻겠다."

"진 대협!"

"철대협. 당신도 같은 생각인가?"

"더 이상은 정말… 좌시하지 않겠소."

"바라던 바라 했을 텐데? 힘으로 해결하는 것, 남궁세가가 가장 잘하는 짓 아니었나? 왜, 몇 년 전의 일은 까맣게 잊은 모양이지? 와서 경고랍시고 사람을 죽이려 했다. 잊었나? 벌써?"

"……."

남궁유성과의 악연을 꺼내든다.

이때 무인들이 조그맣게 술렁거렸다.

무린의 말을 이해하지 못한 것이다.

"당신들의 경고에 나는 반년 간 시체로 지냈고, 내 동생도 쓰러졌다. 아무런 무공도 익히지 않은 아녀자에게도 힘을 쓴 당신들이다. 기억 안 나나?"

"……."

"남궁유성. 대답해 봐라. 기억 안 나나? 네놈이 한 짓이?"

악연이다.

반드시 해결해야 할 은원이다. 무린과 남궁유성의 사이는 그랬다. 무린이 그러한 사실을 꺼내들자 웅성거림이 더 커졌다. 제갈가, 황보가의 무인들은 이제야 상황을 얼추 파악했는지 무린의 과한 행동에 고개를 끄덕이며 수긍했다.

"이젠 그때와 상황이 변했지. 내가 힘을 얻었고, 내 힘이 너희 남궁세가보다 지금 당장 위에 있다. 내가, 비천대가 작정하면 여기서… 남궁세가는 지울 수 있다. 해볼까? 그게 가장 쉬운 길이다. 나에게는."

"……."

"……."

이 말에는 둘 다 대답할 수 없었다.

애초에 이 얘기는 완전히 무린에게 명분이 쏠려 있는 얘기였다. 남궁유성은 그 당시 분명히 손속을 썼다.

무린을 반 시체로 만들었고, 무혜마저 질려 쓰러지게 만들었다. 무공도 익히지 않은 아녀자에게 기세를 쏜 것이다. 이건 결코 용서치 못할 일이다. 그런데 이걸 남궁유성이 했다. 비밀로 하기에는, 저 말을 부정하기에는 무린이 너무 커버렸다.

무려… 무제라는 칭호로 불리기 시작한 무린이다.

게다가 스승이 제갈세가의 가주보다도 연배가 높은 문인이다. 그 말의 무게가 천금보다 무겁다.

그런 명분을 따라 지금, 무린이 남궁세가를 지워 버리겠다고 말했다. 저게 진심이든 아니든, 이건 세인을 경악시킬 발언이었다. 게다가 농담처럼 들리지도 않았다. 그리고 불가능이라 생각되지도 않았다.

무려 무린.

비천무제의 선언이었으니까.

구양가를 포함한 마도가를 궤멸시키던 무린의 무력을 이미 그들은 똑똑히 눈에 담았었으니까. 등골을 타고 소름이 쭉쭉 내달렸다.

그때 제갈세가의 진형이 갈라졌다.

갈라지는 길을 따라 걸어 나오는 이는 문인이었다.

"무린아."

"예, 스승님."

무린은 즉각 기세를 지웠다. 마치 아무런 일도 없었다는 듯이 순식간에 공손한 자세로 돌아갔다. 두 손은 모아지고 고개는 살짝 숙여졌다.

"과하구나. 스승이 있는 자리거늘."

"죄송합니다. 스승님. 제자가 너무 흥분했습니다."

"아니다. 나를 욕보였다는 말은 들었다. 그럴 만한 일이었던 게지. 하나, 경고면 끝날 일이다. 손속이 과했다고 생각하는 건 나만이 아닐 게야."

"예."

"여기까지 하려무나."

"예."

무린은 즉각 고개를 숙여 대답했다.

문인이 원하지 않는다면 더 이상 무린이 나설 수는 없다. 문인은 무린이 대답하자 시선을 돌려 남궁세가를 바라봤다.

"오랜만이오. 남궁가주."

"……"

"허허, 늙은이의 인사는 받아주지도 않는 게요?"

"아, 죄송합니다. 그간 안녕하셨습니까. 문인 님."

"나야 항상 똑같았다오. 제자놈 걱정에 매일 맘고생만 하는 나날 말이오. 허허."

무린은 그 말에 고개를 좀 더 숙였다.

저 말이 빈말이 아님을 알아서 죄송했기 때문이다. 남궁현성이 뭔가 말을 하려 할 때, 문인이 먼저 다시 말을 이었다.

"좋지 못한 자리에서 만나 이거 참 난감하구려. 언제 한 번 찾아오시오. 나는 여기에 있을 테니."

"네, 그러… 지요."

"그럼, 무린이 이놈. 먼저 들어갈 테니 정리하고 따라 들어오너라."

"예."

문인은 다시 왔던 길을 휘적휘적 걸어 들어갔다. 문인은 역시 문야라는 이름에 걸맞게 그 존재감이 대단했다. 그리고 등장한 지 일다경도 안 되어 일촉즉발의 장내를 진압해 버렸다. 비천무제를 애처럼 다루고는 다시 퇴장.

문인이 사라지자 다시 모든 이들의 시선이 무린에게 몰렸다. 끝장을 보겠다고 선언한 무린. 하지만 문인은 그만하라고 했고, 무린은 알겠다고 바로 대답했다. 과연 어떻게 나올지, 궁금해진 것이다.

스르륵.

무린의 창이 거두어졌다.

"운이 좋군."

"……."

무린이 남궁유성, 남궁철성, 마지막으로 남궁현성을 바라보며 그같이 말하자, 남궁세가 무인들에게서 꿈틀거리는 기세가 피어올랐다.

이제야 그들은 치욕을 품기 시작하는 것이다. 문인의 등장으로 이성이 현실로 돌아온 것이다.

은인은 은인이다.

무린은 그들에게 분명 은인이다.

그러나 이런 일을 겪고도 은인으로 대접해 줄 넓은 마음을 지닌 자들은 아니었다. 왜? 그들에게는 천하제일가의 무인이라는 자부심이 있기 때문이다.

슥.

남궁철성이 손을 들었다. 그건 경거망동하지 말라는 뜻. 그걸 보면서 무린은 피식 웃었다. 명백한 비웃음.

"일주일."

"일주일?"

남궁철성이 되묻는다.

"남궁세가 정문에서 보도록 하지. 그리고 당신은… 목 씻고 기다리도록. 반드시 그 목을 베어줄 테니."

무린의 서늘한 눈동자가 마지막엔 남궁유성에게 꽂혔다. 그러자 으득! 하고 이 갈리는 소리가 들렸다. 하지만 아무런 대답도 못했다. 무린에게 허락한 일격이 입도 못 열 정도로 내부를 진탕시켰기 때문이다.

하지만 그는 알까?

무린이 정말 작정했다면… 진탕 정도가 아니라, 갈가리 찢어버릴 수도 있었다는 사실을. 경지가 경지이니만큼 아마 어렴풋이 깨닫긴 했을 것이다. 손속에 사정을 두었다는 것을.

"가자."

무린이 등을 돌려 사라졌다.

비천대가 그 뒤를 따랐다.

"……."

비천대가 완전히 사라지자 남궁현성도 몸을 돌려 자신의 진형으로 향했다. 원했던 것? 아무것도 이루지 못했다.

오히려 역으로 말려 치욕만 당했다.

표정은 무표정했지만 속이 부글부글 끓다 못해 아주 터질 지경일 것이다. 그러나 내색도 하지 않는 남궁현성.

그 뒤를 남궁철성이 남궁유성을 부축하고 뒤따랐다.

남궁세가 무인들이 사라지자 장내에 남은 이들은 당연히 황보가와 제갈가의 무인들이었다.

멀찍이 떨어져서 이 상황을 아주, 아주 흥미롭게 보던 자가 있었으니, 바로 황보악이었다. 그는 지대가 높은 곳에서 제대로 구경을 했다.

상황이 종료되자 내려온 그가 제갈명에게 갔다.

"뭡니까, 이 상황?"

"글쎄……."

"제갈세가도 난감하겠습니다?"

"난감할 게 있나. 문인 님이 비천대를 지지만 하겠다면 지켜보는 거고, 지원하겠다면 세가는 움직인다."

"허, 남궁세가와 한판 붙을 작정입니까?"

"가주와 문인 님이 그렇게 결정하신다면, 그저 따를 뿐이지."

이번 전투에서 친해진 두 사람이다.

약간 능글맞은 기가 있는 황보악이라 할 말만 딱 하는 제갈명에게 쉽게 적응할 수 있었다. 물론 전투 중 함께 나눈 전우애가 있었기에 가능한 일이었다. 아, 그리고 남들은 모르지만 둘은 오늘 조용히 진형을 빠져나가 서로 손속을 겨뤄보기도 했다.

각각 절정의 경지에서 노니는 이들이니, 서로의 무에 호승심을 느낀 것도 무리가 아니었다. 게다가 둘은 지극히 성향이 다르다.

한천검의 검은 지극히 간결하며 빠르다.

반대로 명왕공의 주먹은 빠른 것은 같으나, 흉포하고 파괴적인 성향이 강했다. 그러니 좋은 상대가 서로 되었을 것이다.

"재미있군. 비천무제와 남궁세가의 은원이라… 이거, 정마대전도 끝나지 않았는데 벌써부터 아군끼리 다툼인가? 후후."

"……."

황보악의 웃음 섞인 말에 제갈명은 대답하지 않았다. 대신, 자신의 허리를 한 번 내려다볼 뿐이었다.

검.

정도를 향해 겨눠지는가?

천하제일가의 무에 맞서보는가?

제갈명은 희미하게 웃었다.

'재미있겠군…….'

그는 바랬다.

문인이, 가주가, 비천대를 지원해 주기를.

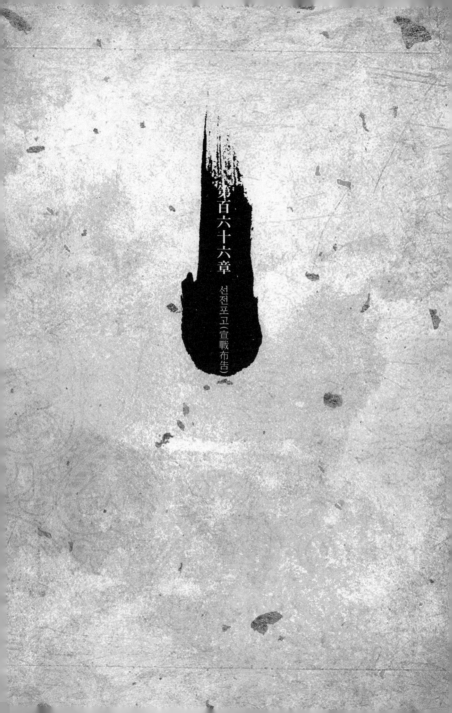

第百六十六章 선전포고(宣戰布告)

귀환병사

해가 지고, 다시 해가 떴을 때.

남궁세가는 소요진에서 철수했다. 남궁세가가 철수하자 황보세가와 제갈세가도 마찬가지로 철수했다.

그리고 소문이 돌았다.

소요대회전의 대승리!

구양가의 궤멸!

더불어 마도삼가의 궤멸까지!

이는 전폭적인 지원을 힘입어 안휘성을 중심으로 전 중원으로 퍼져 가기 시작했다. 파발도 달렸다. 당연히 파발이 향하는 곳은 당금 황제의 거처인 신궁전과 산해관이었다. 이곳의 대승은 그곳의 사기 상승을 불러일으킬 수 있었다.

반드시 빠른 시일 내에 알려야 하는 일이었다.

사천당가가 대문을 박차고 나섰다.

포달랍궁과 만독문의 연합 공격에 당한 상처를 아직 전부 회복하지 못했지만, 그들은 복수심으로 무장을 하고 새롭게 명성을 날리기 시작한 비접(飛蝶), 당청을 중심으로 오십의 무인을 산해관으로 보냈다.

모두가 당가의 최정예였다.

일류 끝자락에서 절정을 바라보고 있는 독과 암기의 달인들. 게다가 경공, 장법, 지법을 극으로 익힌 무인들이다.

게다가 그중 몇은 절정을 넘어섰다고 하니, 산해관에 이들이 도착하게 되면 그곳 전세에 굉장한 도움이 될 거라 예상들 했다.

북경의 팽가도 추가 지원을 결정하고 산해관으로 출발시켰다는 소식이 돌았다. 중원이 안정됐으니 이제 북원의 군세를 몰아내겠다는 뜻이었다.

전세는 소요대회전에서 결정 났다는 것에 의견이 몰렸다. 만약 남궁세가가 구양가에 밀렸다면 중원은 초토화됐을지도 몰랐다. 파죽지세로 북상하면서 북경으로 들이닥치면 정말 어떻게 됐을지 아무도 몰랐다.

그걸 소요대회전에서 막은 것이다.

모두가 남궁세가를 칭송했다.

제갈세가, 황보세가도 더불어 칭송했다.

그런데 재밌는 건…….

그 안에 비천대의 얘기는 거의 들어 있지 않았다.

*　　　*　　　*

"킬킬킬! 재주는 성성이가 부리고 돈은 엄한 놈이 먹는다더니. 지금 이게 딱 그 꼴이구만? 킬킬킬!"

"그런 말이 있던가?"

"킬킬, 그냥 넘어가라 이놈아."

"뭐, 틀린 말은 아니긴 하네. 푸핫!"

기가 막힌 상황에 제종과 갈충이 술잔을 기울이며 클클 웃었다. 억울한 일이다. 그러나 둘의 얼굴에는 그리 분한 기색이 없었다. 다만 재미있어 할 뿐이었다. 애초에 공명심이 없는 둘이니 가능한 일이었다.

그리고 그건 비천대 전부가 마찬가지였다.

이들이 애초에 공명심이 있었다면 비천대에 소속되지도 못했을 것이다. 전부 피식거리며 웃을 뿐이었다.

그냥 그들은 웃겼다.

그래서인지 얼굴들도 밝았다. 의기소침한 얼굴이 아니라, 하나 끝냈다는 후련함을 보이고 있었다.

"치졸하네요."

그런 비천대를 조용히 내려다보다가 심통이 가라앉질 않는지 단문영이 똑 내뱉자, 그 말을 바로 정심이 받았다.

"맞아요! 어떻게 그럴 수 있죠?"

정심은 씩씩 거렸다.

소문에는 비천대의 공이 싹 빠졌다. 물론, 완전히 가리지는 못한다. 거기서 본 눈이 얼만데. 황보가와 제갈가 무인들의 입을 그들이 어떻게 막을 수 있겠나. 황보가는 어찌저찌 막아도, 제갈세가는 못 막을 것이다.

게다가 황실의 조사단이 나오면 밝혀지는 건 금방이다. 하지만 소문이라서 사실 아무 문제도 없었다.

실제 공을 가린 게 아니라, 단지 소문만 빠진 것이니 남궁세가가 이 일로 무슨 해를 입을 가능성은 전무했다.

"남궁세가가 저리 나오는 건 분명 오라버니를 견제하기 위함이고, 며칠 뒤 있을 오라버니와의 한판에 자신들의 명분을 만들 공작 같습니다."

"한판한 뒤 소문에 자신들의 공이 빠져서 뿔난 비천무제가 쳐들어왔다? 이렇게?"

"예, 눈가림이지요."

"와… 장난 아니게 치졸하네요, 진짜!"

정심이 무혜의 말에 아주 이를 박박 갈았다.

무혜는 남궁세가의 의도를 아주 정확하게 파악했다. 저 소문은 의도적인 소문이다. 남궁세가가 일부로 비천대만 뺀 것이다.

그럼 왜 그렇게 했을까?

무린은 선전포고를 날렸다.

일주일 뒤 방문하겠다고.

그때 명분과 결과를 숨기기 위한 소문이었다.

무린이 쳐들어가도 소문 때문이고, 어머니 호연화를 무린이 다시 모셔도 그 사실을 소문으로 묻어버릴 작정인 것이다. 그 다음 소문 자체를 더욱 부각, 무린의 진짜 목적을 숨기려고 하는 것이다.

"머리는 정말 잘 돌아가는 군. 후후, 근데 왜 전쟁에서는 그리 못 쓰지?"

백면의 고개를 절레절레 저으며 중얼거렸다. 확실히 남궁현성은 머리가 비상하다. 지금만 봐도 이건 남궁현성의 머리에서 나왔을 것이라 자신할 수 있었다. 근데 왜 소요진에서는 그렇게 당했을까?

무혜가 아니었으면 남궁세가는 궤멸이었다.

"분야가 다르기 때문이에요."

무혜의 대답.

"분야?"

"예. 책사에도 각자 소질이 있는 분야가 있어요. 군사와 정치. 아마 남궁가주는 정치 쪽에 특화된 책략이 전부일 거예요."

"하긴, 일가의 가주니 그건 당연하겠지."

"좋은 생각이긴 했어요. 이렇게 되면 오라버니가 아무런 해명도 하지 않으면 지탄받을 수밖에 없어요."

"그 정도인가?"

"예."

무혜는 인정할 건 인정했다.

이번 소문은 확실히 나쁘지 않은 선택이었다는 것을. 물론, 남궁현성의 입장에서다. 무린에게는 별로 좋지 않았다. 하지만 못 깰 계략도 아니었다. 괜히 천리통혜가 아니다. 그녀의 머리에는 이미 방법이 섰다.

"혜가 잘 봤구나. 그 친구다운 계략이야. 그리고 무린이에게는 확실히 좋지 못하지. 하지만 그렇다고 못 깰 계략도 아니란다."

"예."

"오호, 알고 있느냐?"

"생각해 둔 것은 있습니다."

"말해보거라."

"간단합니다. 예전에 있던 창천대검과의 일을 밝히고, 그걸 공표하고, 당당하게 들어가면 됩니다."

"그래. 그러면 된다. 좋은 계략이다. 그리고 시간 끌기이기도 하지. 급한 게야. 무린이 널 막을 방법이 없으니. 그러니 가능한 모든 것을 사용하고 있다고 봐도 좋다."

"예, 스승님."

무린은 가볍게 고개를 끄덕였다.

어렴풋이 느끼고 있던 것이었다. 이걸로는 자신을 막기 힘들지 않을까? 하고 말이다. 두 사람의 대화로 이제 명확하게 이해가 갔다.

무혜가 다시 말한다.

"저희도 소문을 내겠습니다. 비천대에 이런 일을 아주 잘하시는 분이 있지요."

"갈충?"

백면의 되물음.

무혜는 희미하게 웃으면서 고개를 끄덕였다.

"예."

"후후, 그 녀석이라면 아주 제대로 해내겠지. 애초에 정보를 만지던 녀석이었으니."

"그럼 저는 갈충 님께 갔다 오겠습니다."

무혜가 자리에서 일어나 이 층으로 내려갔다. 그녀가 내려가자 여태껏 가만히 앉아서 차를 홀짝이던 이옥상이 슬그머니 입술을 열었다.

"혼자 가실 생각인가요?"

질문의 대상은 무린이었다.

무린이 그녀를 보자, 그녀의 눈에는 짙은 호기심이 담겨 있었다. 아마 보고 싶을 것이다. 무인 혼자서 일가(一家)를, 그것도 천하제일가(天下第一家)를 박살 내는 모습이. 또한 무린의 무와 남궁세가의 무를 지켜보고 싶을 것이다.

보는 것도 도움이 되니까.

무린이 반대로 물었다.

"따라오실 작정이십니까?"

"진 대주가 허락만 해주시면요."

"죄송합니다."

"역시 안 되나요?"

이옥상이 살짝 눈살을 구기며 물었다. 무린은 허락할 수가 없었다. 그녀의 적(籍)은 분명하다. 주산군도의 검문. 그렇기 때문에 안 되는 것이다. 그녀가 끼어들면 괜한 시비가 걸릴지도 모른다.

남궁현성이라면 그러고도 남을 위인이니까. 물론 그렇다고 감히 검문에 시비를 걸지는 못할 것이다.

검문의 검후만 나서도 남궁세가는 초토화다. 물론 반항은 하겠지만. 검문의 주력을, 구파의 무와 비견되는 검문을 막는 것은 애초에 무리다. 천하제일가라도 안 되는 건 안 되는 것이다. 전 중원에 그 저력이 미친다지만 그건 속세에나 영향을 미친다. 구름 위까지는 결코 닿지 못한다.

물론 이유가 이게 전부가 아니었다.

이 일.

이건 오롯이 자신의 일이기 때문이다. 그리고 그 일을 위해 모인 퇴역 병사들, 비천대의 일이기 때문이다.

그러니 다른 사람들은 끼어들 수 없었다.

오직 무린과 비천대만 간다.

이건 그렇게 분명히 정한 무린이다. 그래서 이옥상의 말을 들어줄 수가 없었다.

"죄송합니다."

"하아, 알겠어요. 그럼 저는 정심이랑 문야 어르신을 따라 갈게요."

"혹시 모르니… 잘 부탁드립니다."

"후후, 제갈세가의 검수들도 같이 갈 텐데 뭘 걱정하나요?"

그녀의 말처럼 제갈세가는 아직 복귀하지 않았다. 정확하게는 금검대만 남았다. 현재 비천대가 묵고 있는 객잔의 바로 옆 객잔에 묶고 있었다.

그들이 복귀하지 않은 이유는 당연히 하나다. 문인의 호위다.

그리고 문인의 제자인 무린의 가족 호위다.

무린도 당연히 그걸 알고 있지만, 혹시 모를 일이다. 무슨 일이 또 생길지. 언제 사고가 무린이 대비하고 있을 때 터졌던가? 항상 예측도, 상상도 못했을 때 왔다. 관평도 그렇게 잃었다. 관평만 그랬나?

자신의 무(武)도 그렇게 성장했다.

그러니 이옥상이 같이 가준다면 한결 든든할 것이다. 무린은 자신의 옆에 가만히 앉아 있는 월이를 바라봤다.

"공부는 잘 하고 있니?"

"네? 아, 그게 잘……."

"왜, 어려워?"

무린답지 않은 따뜻한 말. 본래 딱딱한 화법을 구사하는 무린이다. 그건 가족인 혜나 월이에게도 마찬가지였다.

그러니 이런 무린의 말투에 순간 놀란 것이다. 그러나 무월이다. 무월의 친화력과 적응력은 그래도 진씨 삼 남매 중 최고였다.

"좀 어려워."

가볍게 무린의 말에 웃으며 대답하는 무월. 무린은 웃었다. 이렇게 빨리 자신에게 적응해 주는 동생에게 고마웠다.

그때 정심이 톡 끼어든다.

"잘 배우고 있으면서……."

"아, 아니에요! 그거야 언니가 잘 알려줘서……."

"거짓말은……."

"아, 아닌데……."

안절부절못하는 무월.

그때 이옥상이 정심을 보며 넌지시 말한다. 밑천은 잘 챙겨 뒀어? 다 뺏긴다고 징징거렸잖니? 이쯤 되면 누가 봐도 놀리는 모습이다. 그리고 사실 무월도 알고 있지만, 분위기를 맞추고 있었다.

보면 눈은 희미하게 웃고 있었다.

호원이 죽은 이후 잘 웃지 않았었는데, 무린은 이제 그의 부재에도 웃을 수 있는 무월이 대견했다.

이겨냈기 때문에.

"곧 어머님을 모시고 가마."

"응."

"그때까지 조금만 참아라."

"응."

무월은 웃었다.

무린은 가만히 무월의 머리를 쓰다듬었다. 아니, 쓰다듬으려 했다. 언제였더라? 마지막으로 동생의 머리를 만져 봤던 게. 기억도 나질 않았다. 너무 오래됐기 때문이다. 그래서 반성했고, 그만큼 치열한 삶을 살아온 자신이 참…….

불쌍했다.

무린이 그냥 손을 내리자 무월이 눈을 동그랗게 떴다. 무린은 시선을 돌렸다. 계단을 타고 다시 무혜가 올라오고 있었다.

무혜의 입가와 눈매는 희미하게나마 웃고 있었다. 아마 보았을 것이다. 인기척을 잠시 느꼈으니까. 다만 분위기상 자신이 나타나면 무린이 무월에게 하던 행동을 멈출까 봐 잠시 멈춰 있던 것이다.

"이 남매들, 참 우애가 좋네요. 보기 좋아요."

"그리고 부럽기도 하고?"

"그럼요. 아, 저도 오라버니나 동생이 있었으면 좋겠어요."

"아서라, 애. 너는 심보가 못되서 안 돼. 후후."

"제가 뭐 어때서요?"

티격태격하는 정심과 이옥상 덕분에 분위기는 다시 따뜻해졌다. 얼마나 갈지 모르지만, 무린은 일단 현재에 만족하기로 했다. 그리고 어머니를 이런 분위기 속에 다시 모시고 싶었다.

스윽.

열린 창문을 통해 한곳을 응시하는 무린. 단련되다 못해 인간의 한계를 넘어선 무린의 시력이 고층 저택의 지붕을 잡아냈다.

남궁세가, 가주전이다.

하지만 무린의 시선은 그 너머를 응시했다. 가주전 바로 뒤, 연화원. 어머니가 거하시는 곳. 어머니를 가둔 감옥. 가주전에 가려 보이지는 않았지만 무린이 보고 싶은 곳은 그곳이다. 볼 수 없어 좀 아쉽긴 했지만.

'상관없겠지. 곧 볼 테니까…….'

이제 사 일이 지났으니, 삼 일 남았다.

삼 일 뒤 무린은 어머니를 모시러 남궁세가로 간다. 근데 어머니를 남궁현성이 빼돌리면? 그것도 염두에 둔 무린이다. 정확히는 무혜가 염두에 뒀다.

무혜의 명령에 비천대가 철통같이 남궁세가 전체를 감시하고 있었다. 게다가 북풍상단의 손길이 닿은 사람들 전부가 남궁세가를 지켜보고 있었다.

남궁세가의 경비도 삼엄하지만 비천대의 감시도 그에 못지않게 삼엄했다. 무린은 비천대를 믿었다.

이 닳고 닳은 녀석들은 남궁세가를 빠져나오는 그 모든 것을 확인할 것이다. 수단과 방법을 가리지 않고. 애초에 그렇게 살아남았으니 결코 망설임도 없을 것이다.

'삼 일, 삼 일······.'

길다.

몸이 근질근질했다.

당장 달려가고 싶지만, 그 자신이 일주일이라 했으니 지키기로 했다. 일주일은 유예 기간이다.

집행유예 기간.

남궁세가의 죄를 벌하기 전에 주는, 무린의 마지막 인정이다.

'하지만 그것도 모르겠지.'

무린의 얼굴에 살며시 미소가 스며들었다. 약간은 서늘한, 그런 미소였다. 알아주길 원하지도 않았다. 설령 알아준다 해도 이미 그들은 너무 많이 왔다. 무혜와 남궁현성과 있었던 얘기도 모두 들었다.

대화의 여지는 애초에 없던 것이다.

그러니 이것도 무린이 많이 생각해 줬다고 보면 됐다.

"무린아."

자신을 부르는 소리에 무린은 즉각 상념을 접었다.

"예, 스승님."

스승은 웃고 있었다.

마치 네 마음 다 안다는 듯이.

무린은 그 미소에 괜히 죄스럽고 창피해서 고개를 숙였다.

"잘 해결하고 돌아오려무나. 반드시 연화와 함께 말이다."

"예, 스승님."

"그래, 출발은 모레 할 생각이니 그 동안 못 다한 얘기나 하자꾸나. 허허."

"예……."

무월이 얼른 일어나 차를 다시 시켰다. 주문한 차가 나오고, 삼 층은 다시 화기애애해졌다. 아주 간만에 전신을 타고 도는 따뜻함에 무린의 얼굴에도 계속해서 미소가 그려져 있었다. 따뜻함. 행복.

눈을 감았다.

불현듯 드는 생각.

이 행복… 영원했으면 좋겠구나.

＊　　　＊　　　＊

다음 날, 안휘성 최대의 상업 지구이자 유흥가, 시전이 형성되어 있는 창궁로에서부터 또 다른 소문 하나가 돌기 시작했다.

소문은 지극히 간단했다.

남궁세가와 비천무제 사이에 은원이 있다.

　　이틀 후, 비천무제가 그 은원을 해결하기 위해 남궁세가를 방문한다.

　　딱 이렇게 두 문장으로 이루어진 소문이었다. 이는 들판에 번진 불길처럼 퍼져 나갔다. 게다가 바람까지 불어 옮겨 붙는 속도 자체가 달랐다. 누가 보더라도 의도적으로 퍼트린 소문 이다.

　　소문에서 끝나면 그냥 헛소문이다. 하지만 이 소문에는 진 실성이 가미되어 있었다.

　　바로 비천무제의 존재다. 그가 실제로 남궁세가가 보이는 창궁로의 한 객잔에서 묵고 있다는 사실이 밝혀진 것이다.

　　소문의 주인공이, 남궁세가의 지척에 있다.

　　비천무제의 현 위치가 소문의 진실성을 부여했다.

　　이건 굉장히 중요한 사실이었다. 비천무제의 무력은 제대 로 알려지지 못했다. 아는 사람만 아는, 요상한 비밀이 되어 버렸다. 왜? 남궁세가에서 소문을 통제하고 있었기 때문이 다. 하지만 이미 알음알음 퍼지기 시작한 무제의 무(武)는 남 궁세가를 지워 버리고도 남을 정도라고들 했다. 그러나 이 소문은 결코 대중적으로 퍼지진 못했다.

호사가들은 여기서 의문을 품었다.

바로 은원의 종류와 깊이다.

종류는 어떤 것인가.

비무?

아니면.

살인?

그럼 그로 인한 복수?

그렇다면 깊이는?

한 하늘을 이고 살 수는 없는가? 아니면 그저 서로 잘잘못만 가리고 끝날 것인가. 이게 가장 중요했다.

어떤, 호기심 가득한 무인이 비천무제가 쉬고 있던 객잔을 찾았다. 아마 정말 물어보고 싶었던 것 같았다. 물론 실제로 물어볼 수는 없었다. 이 층으로 올라가는 길에서 이미 비천대에게 막혔기 때문이다. 객잔 전체를 비천대가 전세 내버렸으니 그들의 행동을 뭐라 할 수도 없었다.

단, 그 무인은 쫓겨나면서 성질이라도 부릴 요량으로 객잔 삼 층을 봤다가 창가에 있던 비천무제를 봤다고 했다.

살기 등등.

무인이 전한 비천무제의 표정이었다.

물로 과한 포장일 것이라 강호인들은 생각했으나 어쩌면

맞을지도, 그럴 수 있다고 생각했다.

은원이니까.

보통 강호상에 은원은 생명이 걸린 경우가 많았기 때문에 그럴 수도 있다 생각한 것이다. 시간은 빛살같이 지나갔다. 어느새 삼 일 중 이틀이 지났고, 안휘성에 있던 모든 무인이 남궁세가에 집중됐다.

아주 흥미진진한 눈빛으로 말이다.

*　　*　　*

"제갈 형은 어떻게 생각합니까? 이번 소문."

"천리통혜의 생각이 아닐까 싶다."

"아무래도 그렇겠죠?"

"그럼, 비천무제에게만 안 좋게 흘러가려던 소문에 '은원'이라는 중대한 요소가 개입했다. 남궁세가는 여기에 반박하지 않았지. 아니, 못한 거지."

"못했다……. 제갈 형은 그 은원이 뭔지 알고 있구려?"

남궁세가가 아주 잘 보이는 안휘객잔의 삼 층에서 얘기 중인 두 사람, 한 사람은 당연히 제갈명이다. 한천검, 금검대주. 제갈세가를 대표하는 검객인 차갑고 무표정한 인상의 사내였다.

다른 한 사람은 얼굴에 활기(活氣)가 있었다. 밝은 표정. 그러나 그 안으로는 서늘한 기운이 서려 있지만 경지에 들지 못하면 알아볼 수 없을 정도로 은밀했다.

황보악.

명왕공이었다.

제갈명이야 당연히 내일 문인과 함께 떠날 것이라 안휘성에 남아 있었다. 황보악은? 명왕대만 보냈다.

그의 입장에서 비천무제와 남궁세가의 대결은 결코 빼먹을 수 없는 구경거리였다. 특히 그가 절대로 놓칠 수 없는 건 바로 비천무제의 무력이다. 이미 견식이야 했다. 하지만 그럼에도 부족했다.

탈각의 무.

언제 또 볼 수 있을까?

아마 한동안은 결코 견식조차 못할 게 분명했다. 벽을 앞에 두고 있는 황보악에게 비천무제의 존재는 매우 중요했다. 조금이라도 눈에 담아 두면 분명히 도움이 될 것이다. 물론, 실제 작정하고 움직이면 눈으로도 담지 못할 수도 있지만, 그래도 담을 수 있을 만큼 노력은 해봐야 했다.

"알고는 있지. 하지만 말해줄 수는 없다. 이건 내가 사사로이 입에 담을 게 아니니까."

"이런, 천하의 한천검도 입에 담지 못한다? 얼마나 중요하

고 큰 은원이기에?'

제갈명의 대답에 황보악은 슬쩍 한천검이란 별호를 담아 그의 자존심을 건드렸다. 그러나 제갈명의 표정에는 별다른 변화가 없었다.

"이건 일장로님이라도 말하지 않을 것이다. 오직 그가 직접 입을 열어야만 할 거야."

"그 정돕니까?"

"……."

제갈명은 고개만 끄덕여 대답을 대신했다.

그가 진씨 삼 남매의 얘기를 들은 건 아주 우연이었다. 그렇게 우연히 들은 얘기는 거의 비사에 가까웠다. 그 얘기에 담긴 무게도 엄청 났다.

무려 남궁가의 대모와 비천무제가 얽힌 얘기니까. 절대로 함구해야 할 성질의 얘기라는 걸 제갈명은 바로 깨달았다.

다행히 제갈명의 입은 무거웠다. 천 근보다 더. 그리고 그걸 황보악도 파악했다. 이 사람의 입으로 듣지 못할 것이라는 걸.

하지만 흥미가 도는 걸 어떡하나.

비천무제의 무력만큼이나 흥미가 도는 게 바로 은원의 성질, 내용이다.

"그럼 누가 이길 거라 보십니까? 비천무제? 남궁세가?"

"음……."

제갈명은 그 질문에 잠시 생각에 잠겼다. 이 어린 친우가 질문은 참 곤란한 것들만 골라서 하는 것 같았다.

누가 이길 것이라는 질문.

제갈명도 쉽게 점칠 수 없었다.

비천무제의 무력은 봤다.

정말… 상상 이상 이란 단어가 딱 어울렸다. 너무 대단해서 정말 이건 뭐 어느 수준이다. 딱 꼬집어 말하기도 곤란했다. 그리고 제갈명은 한 가지 의문을 느끼는 게 있었다. 과연 비천무제의 무력이 정말 그때 소요진에서 보여준 게 전부인가? 그게 한계인가? 바로 이 부분이었다. 아니라는 생각이 들었다.

제갈명은 비천무제가 움직이는 걸 직접 봤다. 봤지만, 그 안에 그가 사력을 다한다는 느낌은 받지 못했다.

지극히 간단하고 절제된 동작이 전부다.

공격도 마찬가지다. 최단거리로 찔러 넣고, 후려친다. 상대의 눈을 현혹시키는 환(幻) 묘리는 그 어디에도 없었다.

북방 출신이라는 것은 들었다.

그의 무는 그곳의 생존 기법에 기반을 두고 있을 것이다. 비천대도 마찬가지다. 이리저리 몸을 쓰지 않는다.

오직 최단 거리 일격.

피하고 치고, 공격하기 전에 치고. 뒤에서, 옆에서, 한눈팔 때 낭심을 포함한 급소까지 전부 공격한다. 여인이라 하더라도 가차 없이 가슴을 공격할 집단.

그런 생존을 중심으로 한 무술(武術)이다.

거기에 탈각이 합쳐지니 괴물이 됐다.

그런 비천무제에게 남궁세가를 앞에 놓고 비교해 봤다. 둘을 저울추에 올려보니… 확실히 제갈명의 마음속에서 한쪽으로 기우는 자가 보였다.

비천무제.

"비천무제에게 손을 들어주고 싶군. 아니, 별다른 변수가 없다면 아마 남궁세가는 그를 막지 못할 것이다."

"제갈 형도 그렇게 생각하죠? 저도 마찬가집니다. 후후, 그런데 재미있지 않습니까? 천하제일가의 저력은 정말 어마어마합니다. 천하각지에 퍼진 힘을 집결시키면 천을 넘어 수천 단위로 무인이 나올 겁니다. 하지만 그 전부가 비천무제 하나를 막을 수 있을 거라는 생각이 들지 않습니다."

"동감이다."

남궁세가.

누누이 말하지만 현 천하제일가.

그 저력은 분명 엄청났다.

무력과 재력을 바탕으로 한 그들의 영향력은 거의 전 중원을 아우르고 있다 해도 과언이 아닐 것이다. 직계와 방계가 나가 차린 문파, 무관의 문도들을 모은다면 그 수가 과연 얼마나 될까?

상상조차 하기 힘들었다.

그런데도 승부의 추는 비천무제에게 기울었다. 워낙에… 말도 안 되는 무력, 그것 하나 때문이었다.

"비천대도 장난 아니지. 제갈 형. 금검대와 비천대가 붙으면 어떻게 될 것 같습니까? 혹은 우리 명왕대나."

"질문 같은 질문을……."

"아아, 물론 비천무제 빼고, 제갈 형이랑 나도 빼고 말입니다."

"음… 역시 비천대가 낫군."

"역시 그렇습니까? 후후, 천리통혜가 문제지요?"

"그 아가씨의 혜안은 정말 놀라울 정도니까."

"동감합니다. 듣기로는 한명운 선생님의 숨겨진 제자랍디다."

"알고 있다. 그렇기에 내가 길림에서 아가씨를 호위했으니까."

"햐… 한 집안에서 둘이나. 이거 참 부러운 가족입니다. 그녀에 비해 제 동생들은… 하하, 이거 참. 창피하네요."

찌릿.

날카로운 눈빛들이 황보악을 향해 꽂혔다.

두 탁자 너머 식사를 하고 있던 황보악의 동생들이었다. 면전에서 동생들이 별로라고 얘기한 것이다. 물론 농담이었고 그의 동생들도 그 점은 알고 있었다. 하지만 의미가 있는 농담이었다.

그 속에는 더욱 정진하라는 뜻이 숨어져 있었다. 황보악은 동생들의 반응에 자신의 의도를 파악하고 있는 것 같다고 생각했다. 그러다 이내 피식 웃었다. 지금 누구한테…….

"내가 누굴 보챌 때가 아니지……. 후후."

자조가 섞인 혼잣말.

제갈명은 그를 빤히 봤다.

황보악의 얼굴에는 미소가 있었지만, 어딘가 씁쓸해 보였다. 제갈명은 그 이유를 깨닫고 있었다. 자신도 사실 그런 상태였으니까.

비천대가 문제가 아니었다.

비천무제.

"그거 아십니까?"

"……."

"비천무제가 제대로 무공을 익힌 게 오 년도 안 된다는 사실을. 후후."

"……."

제갈명은 대답하지 못했다.

알다마다.

비천무제에 대한 조사는 아주 깊고, 심도 있게 이루어졌다. 그도 그럴 수밖에 없는 게 무려 일장로인 문인의 제자로 들어왔기 때문이다. 당연히 세가의 정보각이 나섰다. 아주 간단하게 설명해서 거리낄 건 없었다.

출신 성분은 열다섯 전까지 불분명했으나 그 이후는 깨끗했다. 그러나 주목해야 할 점은 그 부분이 아니었다.

서른이 되어서까지 내공 한 톨 없던 비천무제. 그러나 지금은?

무제의 칭호를 받았다.

성장 속도가 빠른 정도가 아니라 이해 불가능이었다. 중천의 도움으로 영약을 먹었고, 곧바로 이류에서 시작했다는 것은 알고 있다. 시작이 바로 이류. 아니, 이게 중요한 게 아니다.

"이해가 갑니까?"

"갈 리가 있나. 무제의 성장은 비상식이지. 대신 반대로 죽을 고비도 수없이 넘겼다고 알고 있네."

"죽을 고비는 저도 넘겼습니다. 후후. 하지만 전 그렇게 성장하지 못하던데요?"

"그와 같은 조건이라 생각하는 것 자체가 우스운 일이지.

마음 비워. 그게 아마 편할 거야."

"알고는 있는데… 사람 마음이 어디 그게 쉽습니까. 샘을 내고 싶진 않은데 그게 힘듭니다. 지금도 손바닥이 끈적끈적합니다. 사실은……."

"겨뤄보고 싶겠지."

"후후, 후후후."

황보악은 웃었다.

제갈명이 정확히 황보악의 생각을 읽었다. 계속해서 억제하고 있던 것. 그건 호승심이다. 활활 타오르는 불꽃은 투쟁심이다.

그러나 참을 수밖에 없는 게, 바로 내일. 비천무제는 움직인다. 남궁세가의 정문을 향해. 그러니 지금 가서 한판 붙어달라고 하는 것 자체가 무지막지한 무례다. 절대 해선 안 될 행동이었다.

비천무제에게 비무를 부탁할 거였으면 안휘에 온 첫날 했어야 했다. 그러나 그러지 못했다. 참고, 또 참았다. 왜 그랬는지 모르게. 아니, 알고 있었다. 모르는 척하는 것일 뿐.

'처참하게 박살날까 봐 두려웠던 거지.'

그건 본능이다.

황보악은 아직 본능을 이기지 못했다. 그 기세, 기파에 섞여 있던 무시무시한 중압감. 살기를 이겨내지 못했다.

'빌어먹을.'

손아귀를 타고 끈적한 땀이 흘렀다. 비천무제와의 승부를 생각하니 저도 모르게 긴장한 것이다.

그 정도로 비천무제의 무력이 황보악의 심령을 자극하고 있었다. 마치 각인이라도 된 것처럼, 족쇄가 된 것처럼.

파스스스.

황보악의 손에 잡혀 있던 술잔이 깨지기 시작했다. 그가 손에 내력을 집중하고 있는 것이다.

"진정하지."

"아, 죄송합니다. 이거야 원… 진짜 미쳤나봅니다."

"심각하군. 잘못하면 심마가 되겠어."

"그러기 전에 한탕 해야죠. 아마 그럼 깔끔하게 나을 것 같습니다. 후후."

"그렇기야 하겠지. 그게 원인이니. 자, 그럼 난 여기까지."

후릅.

제갈명은 잔에 담긴 술을 가볍게 목으로 넘기고, 자리에서 일어났다. 달이 중천에 걸려 있다. 지금도 상당히 늦은 시각이었다. 술을 많이 마시지는 않았지만 내일 아침 일찍부터 움직여야 하니 조금은 쉬어둘 필요가 있었다.

제갈명이 사라지고, 황보악은 홀로 남아 술을 들이켰다.

한 병, 두 병.

세 병, 이윽고 네 병이 넘었다.

그럴수록 황보악의 머릿속에 온통 비천무제의 무위만 그득 차게 됐다. 짜증만 깊어갔다. 그의 동생들은 그를 걱정스럽게 바라보기만 할 뿐, 위로의 말을 건네지 않았다. 그렇게 밤은 깊어져 갔다.

밤이 깊어져 갔으니 자연히 물러 갈 때도 됐다.

이윽고, 해가 떴다.

소문의 당일이다.

第百六十七章

남궁중천(南宮中天)

귀환병사

안휘의 모든 눈이, 새벽 댓바람부터 창궁로로, 그리고 창궁로의 실질적인 주인인 남궁세가로 모여들었다.

소문의 당일이 됐다. 이미 비천무제의 위치는 파악이 된 상태였다. 명정객잔. 그곳에 수백 쌍의 눈길이 모였다.

아침부터 비천대는 은연중에 긴장감을 풍기며 분주히 움직이고 있었다.

거사(巨事)를 치루는 날이다.

제아무리 비천대라고 해도 긴장감이 없을 리가 없었다. 소문의 주인공, 비천무제의 모습은 쉽게 드러나지 않았다. 사시 초, 문야의 배웅을 위해 잠시 나왔다가 다시 들어가고는 또다시 한참 동안 그의 모습은 나타나지 않았다.

이때부터 슬슬 불만, 불평이 생겨나기 시작했다.

"뭐야, 헛소문이야? 나올 생각을 안 하는데?"

"천하의 비천무제도 긴장되는 모양이지. 좀 기다려 보게. 아마 이 정도로 소문이 났으니 분명 움직이기는 할 걸세."

"그럼 좀 늦게 나올 걸, 뭐 하러 아침부터 가자고 해서는!"

"하하, 이 친구야! 이런 구경이 어디 쉬운지 아나? 무려 천하제일가와 신성을 넘어 제의 칭호를 받은 무인의 싸움이이야! 평생 동안 한 번 볼까 말까한 일이라고?"

"흥! 나는 별로 관심 없었어!"

"이 친구가 거짓말은? 갈 때 나도 데려가라 했던 게 누군데!"

"그건 그냥 해본 말이고!"

"알았어, 알았으니 좀 조용해 봐. 안이 좀 소란스러운 것 같으니."

"소란?"

"그래, 쉿!"

두 사람의 대화는 다른 사람들의 대화에 묻혔다. 하지만 옆 사람이 듣고, 또 옆 사람이 듣고, 그렇게 점점 퍼져 나가면서 장내를 조용히 만들었다. 확실히 객잔 안은 부산스러운지 말

소리와 움직이는 인기척이 들렸다.

하지만 역시 금방 모습을 드러내지는 않았다.

아, 나오는 거야, 안 나오는 거야!

헛소문 아냐?

기다리다 지치자 그들은 성토까지 하기 시작했다. 같잖은 모습이었다. 제멋대로 모여 놓고, 제멋대로 남을 욕한다. 하지만 그게 인간의 본성이다. 자신의 과오는 볼 줄 모르고, 아니, 모른 척하는 것 말이다.

이윽고 오시 초.

객잔 문이 열렸다.

떠들던 군중들이 모두 다 합죽이가 됐다.

객잔 문이 열리면서 무시무시한 기세가 퍼져 나오기 시작했기 때문이다. 이곳에 모인 거의 전부가 무인이다.

기세를 느끼지 못할 리가 없었다.

저벅, 저벅저벅.

일개 대가 내뿜는 기세가 수백 관중을 그대로 찍어 눌렀다. 비천대의 기세다. 이들이 견딜 수 있을 리가 없었다. 사지를 제집처럼 넘나들었고, 수많은 고난, 희생으로 정련된 정예병을 넘어 강군(强群), 그 자체였다.

이들의 군기는 거의 살인적이었다.

평범(平凡), 비범(非凡)을 넘어 특별(特別)했다.

특히, 가장 선두에 선 사내.

한 자루 창을 꼬나 쥔 이 사내의 기세는… 그야말로 압도적.

스윽.

군중을 한 번 쓸어본 사내가 말없이 전마에 올라탔다. 그러자 그 뒤로 차례차례 올라타는 비천대.

이윽고 마지막 한 명까지 올라타자 사내의 입에서 가벼운 한마디가 흘러나왔다.

"가자."

충!

쩌렁!

대답은 거대한 군기가 되어 천지사방을 휩쓸었다. 약한 자는 귀를 막았고, 더 약한 자는 다리를 휘청거렸고, 정말 보잘 것 없던 자는 그대로 주저앉았다. 그 정도로 막대한 기세.

히히히힝!

흑빛의 철창을 쥔 사내의 전마가 거칠게 울더니 그대로 튀어나갔다. 일시에 움직이기 시작하는 비천대.

시야에서 사라지는 건 순식간이었다.

"……."

"……."

장내에는 강제적인 침묵이 타고 돌았다. 아주 잠시간 있었던 일에 혼이 싹 빠진 얼굴들이 되어버렸다.

멍하니 있다가 누군가가 '이게… 비천대라고?' 중얼거리는 소리에 정신을 하나둘씩 차리기 시작했다.

그리고 번쩍.

머릿속에 불이 켜졌다.

대박, 대박이다.

이들은… 비천무제와 남궁세가의 전쟁이 역사에 남을 결전이 될 것이라 본능적으로 판단했다.

가자!

이걸 놓칠 수는 없지!

하나둘씩 뛰기 시작하자 모두가 따라 뛰기 시작했다. 그걸 옆 객잔에서 지켜보던 이들이 있었다. 황보악과 그 남매들이었다.

"이제 시작이군요."

"그래, 우리도 슬슬…….."

콰앙…….!

황보악은 뒷말을 끝까지 내뱉지 못했다.

저 멀리서, 굉음이 터져 나왔기 때문이다.

"……."

"……."

피식, 황보악은 잠시 침묵하다가 이내 웃었다.

"아따… 그 양반."

화끈하네.

쉭.

그 말을 끝으로 황보악도 몸을 날렸다. 몸을 날리는 그의 얼굴에는 실로 즐거운 미소가 맺혀 있었다.

*　　*　　*

흐읍!

쉬악!

무린은 정문이 보였어도 속도를 멈추지 않았다. 오히려 더욱 박차를 가했다. 말로 해결? 그런 생각은 이미 안중에도 없었다. 힘이다. 힘.

이제는 오직 힘으로 해결할 수밖에 없었다. 남궁현성 또한 그럴 염두를 두고 있을 게 분명했다.

그러니 말 따위는 필요 없다. 힘으로 부수고 들어간다.

들숨과 함께 떨어진 무린의 창끝에서 뻗어나간 일격이, 그대로 남궁세가의 정문을 강타했다.

콰앙……!

포탄에 맞으면 이런 소리가 날까?

꽝음과 함께 남궁세가의 정문이 걸레짝처럼 찢어졌다. 산산조각. 딱 이 단어가 어울렸다. 무린은 완전히 박살 난 정문을 통해 그대로 안으로 진입했다. 이윽고 언젠가 보았던 전경이 펼쳐졌다.

다만 다른 점이 하나 있다면, 정문 앞을 가득 매운 인파. 무인의 물결이다. 가히 기백에 가까운 남궁세가의 무인들이 정문을 중심으로 반월형으로 에워싸고 있었다.

워워.

무린은 질주를 멈췄다.

이대로 돌격해서 뚫을 수는 있지만, 가장 선두에 선 사내 때문에 그럴 수 없었다. 남궁중천이었다.

처음부터 무린의 존재를 인정한 그 때문에 질주를 멈춰선 무린은 잠시 정면을 바라봤다. 단지 바라봄에, 시선을 던지는 것조차도 무린은 기세를 담았다. 수백의 검수 앞에서도 단연 무린의 기세는 으뜸이었다.

모두의 시선을 단방에 끌어 모았고, 일거수일투족에 집중시키게 만들었다. 의도된 행동이다. 심력 소모를 유발하기 위한.

막무가내가 아니었다.

무린은 소수였기에, 신중한 마음으로 저돌적인 행동을 보이고 있었다. 다가닥, 무린이 앞으로 나서고, 저벅, 중천도 앞으로 나섰다. 중앙에서 만난 둘. 인사는 중천에게서 먼저 나왔다.

"일주일만이구나."

"⋯⋯."

무린은 침묵.

그러나 중천은 그 침묵에 아랑곳하지 않고 다시 입을 열었다.

"내가 없던 사이 또 일이 있었다지?"

"그랬소."

"하아⋯ 그때 가는 게 아니었는데."

"⋯⋯."

중천의 얼굴에 쓸쓸한 후회의 감정이 담겼다. 무린은 대답하지 않았다. 정황은 모른다. 왜 그가 없었는지.

당시 중천은 남궁현성이 의도적으로 세가로 보내 버렸다. 부상자를 이끌고 가라는 명령이었고, 그걸 중천은 거절하지 못했다. 부탁이 아닌, 세가주의 명령. 중천이 제아무리 소가주라고는 하지만 가주의 명령을 무시할 수는 없었다. 그렇게 남궁현성, 유성의 도발이 있던 날 중천은 소요진을 떠날 수밖에 없었다.

그리고 그날 소요진에서 있었던 일을 들었을 때, 그는 탄식했다. 이제 그 끝을 보고 만 것이다. 절대로, 좋게 해결할 수 없을 것이라는 체념의 끝을 말이다.

소문이 흘러나왔을 때 중천은 움직이지 않았다. 이젠 그 무엇으로도 되돌릴 수 없기 때문이었다.

다른 소문이 흘렀을 때도 마찬가지였다. 즉각 그게 무혜의 생각이란 걸 알아차렸지만 역시 가만히 있었다.

움직인다고 변하는 게 없기 때문이다.

이미 선을 넘다 못해, 아예 지워 버렸다. 흔적도 없이. 어디서부터 선을 그어서 다시 관계를 정립해야 할지… 아니, 그 자체로 아예 불가능.

"네 얼굴을 보니… 확고하구나."

"그렇소."

"후우……."

중천은 깊은 한숨을 내쉬었다.

폐 깊숙한 곳에서부터 밀려 나오는 한숨. 가슴을 답답하게 만들다 못해 짓누르는 감정의 파편이 그 한숨에 묻어 나왔다.

스르릉.

그리고 검을 뽑는 중천.

"나 또한 남궁세가의 적자. 소가주이다."

"……."

결국, 이렇게 되는가?

무린은 눈을 가늘게 좁혔다. 예상은 했다. 이 날이 오게 되면, 중천이 자신에게 검을 들이댈 것이라는 걸.

예상을 충분히 했다.

그래서 무린은 괜찮았다. 단지, 가늘게 눈을 좁힌 건 중천의 진심을 읽기 위해서였다. 잘 보이지 않았다.

그래서 무린은 입을 열었다.

"목숨은 거셨소?"

"그래."

"좋소. 그렇다면… 나도 전력으로 가겠소."

"그래다오."

척.

무린은 말에서 뛰어내렸다. 그러자 전마가 알아서 슬그머니 돌더니 비천대가 있는 곳으로 어슬렁거리면서 걸어갔다. 신기한 놈이었다. 주인이 엉덩이를 치지도 않았는데 알아서 움직이다니.

"재미있는 놈이구나."

"나랑 같이 있더니 이젠 내 행동에 어느 정도 반응하는가 보오."

"그래 보이는구나. 한낱 미물인데도 주인의 생각을 읽을 수도 있고, 인간보다 낫구나. 나아. 하하."

"모두 그랬으면……."

좋았겠지만.

무린은 뒷말은 하지 않았다.

의지가 약해질 것 같은 말이었기 때문이다. 아예 그런 종류의 말조차도 피하는 무린이었다. 전력으로 부딪칠 각오만 세워둔다. 정신의 날, 창의 날을 바짝 세웠다. 오늘을 위해서.

"시작하지. 아, 그전에 내 각오를 말해두지. 나는 오늘 이 자리서 널 벨 것이다. 그러니 너도 전력을 다해라."

"할 수 있다면 해보시오."

스윽.

그 말과 함께 중천의 발이 앞으로 쭉 밀려 나왔다. 중단에 검을 세워놓고, 왼손으로 검면을 살짝 받쳤다. 상체는 살짝 기울어져 언제든 쏘아질 자세를 만들었다. 중천이 자세를 잡자 무린도 뒤늦게 천천히 자세를 잡아갔다.

쿵.

넓게 펼쳐 하체를 대지에 박고, 창을 앞으로 가볍게 잡아 내밀었다. 창술가의 기본자세. 무린도 자세는 여기서 벗어나지 않았다.

물론 무린에게 자세는 필요 없다.

탈각의 무.

그건 자세조차 무시하게 만드는 영역이었다. 그럼에도 무린이 자세를 취한 건 예의다. 무를 겨룰 상대에게 취하는 예의.

자세를 잡은 무린은 중천의 자세를 훑었다.

'발검은 아니다.'

발검이었다면, 검은 옆구리 쪽으로 이동했어야 한다. 최단 시간 힘을 얻어 뽑아 공간을 가르려면 옆구리 쪽이 정답이다.

그런데 검은 중단.

무린은 남궁세가의 검공을 상당수 안다.

창궁, 철검, 대연, 고혼 등등.

하지만 그 어디에도 지금 중천이 잡은 기수식은 없었다. 그렇다면… 독자적인 것이라는 결론이 온다.

검왕.

괜히 중천검왕이라 불리는 게 아니었다.

슥.

그 순간 중천의 앞발이 살짝 밀려 나왔다. 지면을 밀며 아주 조금 나왔고, 거의 동시에 뒷발도 조금 나왔다.

'접근? 근접 검격.'

다가오고 있다.

무린은 그걸 놓치지 않았다.

진심을 다해 받아줘야 하는 상대이니 무린도 많은 생각을 했다. 지금 중천의 머릿속도 아마 최선을 다할 생각으로 가득 찼을 것이다.

'진심전력. 그렇다면 받아준다.'

바라던 바다.

슥.

한 발 또 나온다.

그 순간 중천의 신형이 흔들렸다. 마치 환영처럼 흔들리더니 연기처럼 꺼졌다. 극한의 신법. 최소 절정을 이룬 자만이 보여줄 수 있는 신위(神威).

천리호정(千里戶庭).

그것도 극성의 천리호정이다.

절정지경의 무인이었더라도 이런 속도라면 아마 시야에서 놓쳤을 지도 모른다. 하지만 그건 절정지경 무인일 경우의 얘기고.

무린에게는 전혀 해당 사항이 없었다.

환영처럼 사라지지만, 연기처럼 흩어졌지만.

무린의 눈에는 보였다.

중천의 신형이.

고속으로 시야의 사각으로 이동, 벗어난 것이다. 무린은 그걸 보았다. 그러니 당연히 시선이 돌아가며 중천을 좇았다.

툭.

그때 이미 중천은 진로를 직각으로 꺾어 무린에게 쇄도하고 있었다. 다가오는 건 순간, 검격이 떨어지는 것도 금방이다.

빛살처럼 뿌려지는 쾌검.

고혼일검(孤魂一劍)이다

혼을 좇는 쾌검.

그러나 무린은 이미 반응하고 있었다. 기다리고 있었다는 듯이, 인식하는 순간 저절로 행동이 일어난다.

무린의 창이 중천의 검을 그대로 튕겨냈다. 빗기듯이 툭 밀어냈지만 서로 무기에 담긴 내력은 만나는 순간 격렬히 서로를 물어뜯었고, 이내 폭발했다.

쩌엉!

웅웅 울리는 공기의 파장.

무린의 철창이 밖에서 안으로 돌았다. 허리를 살짝 접는 순간 이미 창은 회전, 창날을 돌려세우고 있었다.

사악.

창날은 순식간에 중천의 앞섶을 훑었다. 이 모든 게 고속의 행동으로 이루어진 일. 중천이 다시금 정비할 마음을 먹었을 무렵 이미 무린이 일격을 먹였다. 중천은 급히 뒤로 물러났다. 단 한 번의 공수 교환.

차이는 명확했다.

"……"

뒤로 물러난 중천이 말없이 자신의 앞섶을 바라봤다. 정확하게 손바닥 길이만큼 갈라진 앞섶으로 바람이 휑하니 들어왔다. 들어온 바람이 심장에 닿아, 화르르 타고 있던 열기를 식히기 시작했다.

"제대로 해야 할 거요."

그걸 보며 무린은 조용히 말했다. 진심전력으로 올 마음이
면, 목숨을 걸어야 할 것이다. 무린은 지금… 각오가 되어 있
다.

중천을 죽여 버릴 각오가.

그가 끝을 원한다면… 들어줄 것이다.

"그렇지 않으면… 단숨에 죽여드리겠소."

무린의 말이 서늘하게 장내에 퍼졌다.

광오한 말이다.

천하의 중천검왕을 단숨에 죽여주겠다니. 하지만 이 말을
한 게 무린이면, 비천무제면 얘기가 달라진다.

현실이 될 수가 있다.

비천대는 당연히 보았고, 중천을 따르는 중천검대도 보았
다. 말도 안 되는 무린의 무력을. 그 무시무시한 기세 또한.
그건 공갈이 아니다. 무력에 걸맞은, 당연한 기세였다. 지금
그런 기세를 담아 무린이 말하자, 안 그래도 혹한으로 얼어붙
은 대지가 더욱더 싸늘하게 얼어붙었다.

"하, 하하."

하하하하!

무린의 말에 중천이 너털웃음을 터트렸다. 그는 통쾌하게

웃음을 터트린 후, 다시 자세를 잡았다.

"그래, 내가 잠시 잊었구나. 네가 탈각의 무인이라는 사실을. 이제… 제대로 가겠다. 어디, 나의 목숨을 취해 보거라!"

쉬악!

말이 끝남과 동시에 중천의 신형이 다시금 어지럽게 흔들렸다. 살랑거리는 여우의 꼬리처럼 흔들렸다.

흔들거림이 멈추고, 갈지자를 그리며 중천의 신형이 무린을 압박해 왔다.

삭.

직후 검격이 터졌다.

다시 고혼일검.

삭. 사삭! 스스스스!

마치 수풀을 거니는 뱀 같은 소리. 맹독을 지닌 뱀이 사람의 혼을 좇아오는 모양새다. 그러나 무린의 혼은 좇지 못한다. 좇을 수 있는 격이 아니었다.

무린은 상체를 틀고, 숙이고, 빼면서 고혼의 검격을 모조리 피해냈다.

우르릉!

마지막 일격을 피했을 때 뇌성이 일었다.

천뢰제왕신공(天雷帝王神功)의 운용으로 인한 뇌성이다. 이걸 모를 리 없는 무린이다. 쾌검격에서 이제 변할 것이다.

우르릉!

다시금 뇌성이 터지고, 눈앞에서 빛이 터졌다. 순간적으로 눈을 자극하는 빛. 섬전십삼검뢰(閃電十三劍雷)의 후반식의 묘용이다.

쾅!

발을 회전시키며 상체를 회전시키자 그 사이로 지나가는 빛이 대지에 떨어지면서 폭음을 만들었다.

검기의 발출.

'이제부터 진짜.'

무린은 터진 대지를 보지 않았다. 시선은 여전히 중천에게 고정되어 있었다. 우르릉! 뇌성이 다시금 일었다. 두 번째 검격을 준비하는 것이다. 강력한 검격이기 때문에 준비하는 과정이 필요하다.

문제는 그 과정이 무린에게 아주 좋은 틈이라는 사실이다.

기이잉!

비천신기가 돌았다.

순식간에 회전의 극을 찍고, 그 막대한 내력을 용천으로 흘려보냈다. 팟. 꺼지듯이 사라지는, 아니 정말 사라져 버리는 무린의 신형.

극성 무풍형(無風形)이다.

사라졌던 무린의 신형이 중천의 삼 보 앞에 나타났다.

가슴팍으로 다가들며 그대로 쿵! 진각을 밟았다. 동시에 수축, 분사되는 근육의 힘. 거기에 합쳐지는 비천신기의 내력.

슈악!

묵직한 검은 빛살이 공간을 갈랐다.

찌르기.

무린이 가장 자신 있어 하는 일격이다.

쩡!

"크윽!"

공기가 터지는 직후 신음도 연달아 터졌다. 첫 번째는 용케 중천이 무린의 찌르기를 막아내면서 발생된 소리, 두 번째는 당연히 비천신기의 막대한 내력에 밀린 중천의 신음이었다. 무린은 여유를 주지 않았다.

사악!

무린의 신형이 가라앉으며 회전했다.

손에 잡힌 비천흑룡이 지면을 쓸어갔다. 걸리면 절단이다. 비천신기가 실린 비천흑룡의 절삭력은 신병에 버금가니까.

막을 수 있는 성질 자체가 아니었다.

탓!

중천은 무린의 신형이 움직인다 싶은 예감이 든 순간 곧바로 신형을 공중으로 띄웠다. 좌아악! 그 순간 어느새 무린의 회전은 끝나 있었다. 그리고 다시 가라앉아 있던 신형이 올곧게 펴져 있었다.

중천은 그걸 체공 중에 눈으로 확인했다. 그리고 확인하는 순간 입술을 깨물었다. 무린의 속도, 그 자체를 따라가질 못했다.

탓.

무린의 신형이 갑자기 커졌다.

다가오고 있는 것이다.

그것도 무시무시한 속도로.

픽!

"컥!"

그대로 어깨치기.

투박한 공격에 당한 중천의 입에서 신음이 흘렀다. 가슴팍에 제대로 틀어박혀 호흡이 일순 콱 막혔다. 폐가 압박당한 것이다. 날아가는 도중에도 그걸 파악한 중천은 급히 내력을 돌려 압박당한 가슴팍을 어루만졌다.

치유는 금방이었고 숨은 돌아왔다.

픽! 툭! 툭툭!

바닥에 떨어지고 튕겼다가 다시 떨어지고. 몇 번을 반복하고 나서야 앉아 중심을 잡은 중천은 곧바로 다시 옆으로 굴렀다.

퍽!

어느새 무린의 다가와 이 격을 먹인 것이다. 옆으로 굴러가는 중천을 무린은 놓치지 않았다. 공세를 잡았다.

쩡!

한 바퀴 굴러 상체를 세워 뒤로 물러나는 중천에게 다시금 접근한 무린이 주먹을 뻗었고, 곧바로 충격음이 터졌다.

무린의 주먹에는 비천신기가 아낌없이 담겨 있었다. 맞았으면 즉사다. 그걸 아니 중천도 내력을 있는 힘껏 끌어올려 무린의 주먹에 대항한 것이다.

"컥……."

그러나 중천은 타격 즉시, 내력은 훑어버릴 수 있었지만 신음이 나오는 건 막지 못했다. 주먹 자체에 담긴 힘이 중천의 뇌와 의식을 동시에 흔들었다. 시야가 순식간에 뿌옇게 변했다. 우윳빛처럼, 안개가 낀 것처럼 변해 버렸다.

의식이 절단당한 것이다.

중천은 그걸 즉각 느껴다.

그리고 꽈득! 입술을 사정없이 씹었다. 입술이 터지면서 비릿한 피가 분수처럼 솟구쳤다. 혀를 타고 느껴지는 피 맛에 절단된 의식이 강제로 봉합당했다.

중천은 아는 것이다.

여기서 의식을 놓는 순간 다음 일격이 끝일 거라고. 그리고 그 일격은 자신의 생명을 끊어 놓을 것이라고.

과하다?

먼저 베겠다고 한 건 중천 본인이다.

그러니 과하지 않았다.

무린을 파악한 중천이 급히 내력을 돌렸다.

쩡!

쩌정!

삼 연격이 고속으로 중천의 심장, 명치, 복부에 처박혔다.
그리고 그곳을 막아선 천뢰제왕공의 내력과 부딪쳤다.

그그극!

파각!

뚫어서 깨트리고 침투하는 비천신기.

그런 비천신기가… 어쩐지 그 힘을 발휘하지 않았다. 뚫어
서 깨트리는 것에 끝나고, 빛무리가 되어 비산했다.

그러나 그 정도로도 중천은 막대한 타격을 입었다. 의식이
순식간에 날아가면서 온 세상이 하얗게 질렸다.

저절로 입이 벌어졌다.

"컥……."

분수처럼 피를 토하고 뒤로 날아가 대지를 구르는 중천. 십
장 가까이를 구른 중천이 멈추자, 무린은 자세를 풀었다.

"……."

"……."

장내가 이 상황에 침묵했다.

비천대 누구도 환호성을 내지르지 않았다.

중천검대 누구도 무린을 욕하지도 중천을 걱정하지도 못했다. 중천검왕은 절정의 무인이다. 그것도 극을 보고, 벽 하나만 남겨두었다고 판단되는 무인이다. 그런 중천이 비천무제에게 숫제 개박살이 났다.

처참할 지경이었다.

너무 완벽하게, 정말 손도 못 써보고 당해 입이 떨어지질 않은 것이다. 비천대야 물론, 예상했기 때문이었고 환호할 만한 성격을 가진 이도 없었다. 그저 담담히 대주의 무력을 눈에 담고 있었다.

무린은 장내를 한 번 쓸어보고, 다시 중천을 봤다.

꿈틀.

마지막 일격은 흘었다고 하나 내부가 진탕됐을 것이다. 의식을 잃었어도 이상할 게 전혀 없었다. 무린은 중천을 죽일 수 없었다.

마음을 독하게 먹었다고는 하나, 막는 자 모두를 짓밟고, 찢어버리겠다고 맹세했다고는 하나 차마 중천만큼은 그렇게 할 수 없었다.

오늘날 본인을 있게 만들어 준 무(武)의 길.

그 길을 최초로 터준 사람이 바로 중천이기 때문이다. 그래서 무린은 중천의 숨을 끊을 수 없었다.

그리고 스스로도, 중천에게만큼은 이 정도면 되었다는 결정을 내렸다. 그의 무를 빼앗는 짓, 숨을 거두는 행동은 안 해도 이 정도면 충분하다고.

꿈틀, 꿈틀.

지렁이처럼 꿈틀거리는 중천.

무린은 신형을 돌렸다.

그러나 걸음을 내딛을 수는 없었다.

진무린……!

*　　*　　*

폐부 깊숙한 곳에서 나오는 분노. 그 분노가 가득 찬 쩌렁쩌렁한 외침이었다.

"……."

인상을 찌푸렸다가, 어쩔 수 없다는 얼굴로 다시 신형을 돌리는 무린. 어느새 중천은 다시 일어나 있었다.

몸은 비틀거리고 있지만 눈동자만은 새파랗게 빛나고 있었다. 파스스, 파스스. 동시에 그의 육체 주변에서 터지는 기음. 뇌성이긴 하나 미약한 뇌성. 천뢰제왕공의 운용으로 인해 생기는 기음이다.

"나를 우롱할 생각이더냐… 커, 커헉! 카악……!"

퉤엣!

목소리도 쩍쩍 갈라지고 있었다. 뱉는 침에는 피가래가 잔뜩 껴 있었다. 몇 방의 일격을 허용한 것만으로 육체가 아주 제대로 고장 난 것이다. 무린의 눈동자는 여전했다. 마음은 분명 약해졌지만, 그걸 내색은 하지 않았다.

"분명… 끝을 보겠다고 했을 텐데?"

스윽.

중천은 이제 허리를 완전히 펴고, 이글거리는 눈동자로 무린을 노려보고 있었다. 마치 그 눈동자는 원수를 보는 눈빛에 가까웠다.

"……."

무린은 그 눈빛에 당연히 덤덤했지만, 속으로는 안타깝다고 생각했다. 중천의 의지가, 생각이 전해져 왔다.

그렇게 할 수밖에 없는.

아무런 도움도 못 되는.

그게 너무 미안하고, 스스로가 부끄럽고 한심해서 이렇게 과할 정도로 무린에게 맞붙어오고 있었다. 무린은 확실하게 그 점을 파악했다.

슥.

무린도 완전히 상체를 돌려 다시 중천을 바라봤다.

"……."

"……."

서로의 눈동자가 다시 마주쳤다. 파랗게 물들어 있는 눈동자. 그 안에 감도는 뇌성. 어느새 중천은 다시금 천뢰제왕공을 정상으로 돌리고 있었다. 무린의 일격을 견뎌내고 이겨낸 모습이다.

과연 중천검왕.

스윽.

중천이 다시 검을 내밀었다. 다시 붙자는 의미. 무린은 받아주기로 했다. 상대가 원한다면. 완전한 무력화를 원한다면 그렇게 해주는 것도 도리다.

단, 무린의 자세는 변하지 않았다.

처음처럼 예의를 차려주지 않았다.

지극히 가벼운 자세, 그냥 창을 쥐고 서 있었다. 하지만 그래도 처음과 다른 게 있다면, 꿈틀꿈틀 일어나는 기세였다.

기이잉!

비천신기가 요동치면서 무린의 기세를 변화시켰다. 이제는 완연한 기파. 숨통을 턱, 틀어막고도 남을 막대한 기파.

비천무제의 기파가 남궁세가 정문을 중심으로 퍼지기 시

작했다. 으음! 주춤거리면서 물러나는 중천검대의 검수들.

남궁세가까지 구경 온 이들도 무린의 기파에 짓눌려 물러났다.

특별(特別)한 무린의 기파에 노출된 이들 중, 견뎌내는 이들은 비천대와 몇몇 무인이 유일했다.

우르릉!

중천의 검이 뿌옇게 물들었다. 그러더니 점차 색이 변하면서 주변을 타고 도는 뇌성을 만들었다.

극(極)으로 올라간 천뢰제왕공의 묘용이다. 또한 중천의 기세도 변했다. 지금까지와는 다른 기세. 무린처럼 엄청난 압박감을 뿜어내기 시작했다. 지켜보던 이들은 단박에 파악했다. 지금 중천이 운용하는 것.

검, 육체, 정신에 담긴 것.

제왕검형(帝王劍形)이라는 것을.

남궁세가의 자존심이자, 시조라고도 할 수 있는 검형. 이건 아마 중천이 보여줄 수 있는 전부일 것이다.

무린은 그걸 보면서도 가만히 있었다.

제왕검형.

남궁세가의 최고라고 할 수 있는, 궁극의 검식이지만 안타깝게도 중천의 경지가 무린에게 도달하지 못했다. 그래서 중압감은 느끼지만 그게 위험하다 판단될 정도는 아니었다. 그리고 이 차이는 매우 컸다.

크다 못해 결코 줄일 수 없는 간극이기도 했다.

고수 간에, 그것도 절정지경 이상의 무인들 간의 싸움에 이 정도 간극은 절대적이다.

스윽.

중천이 한 걸음을 앞으로 내디뎠다. 그러더니 이내 신형이 사라졌다. 천리호정. 하지만 무린의 시선은 이미 중천의 신형을 따라가고 있었다.

이미 한 번 견식했던 바였다.

그리고 그 때도 통하지 않았다. 두 번째인 지금 통할 리가 없었다.

쩡!

묵직하게 다가오는 제왕검형이 가득 담긴 검격이지만 무린은 가볍게 튕겨냈다. 아니, 그 정도가 아니라 검이 궤도까지 오르기도 전에 아예 막아버렸다. 그저 비천흑룡을 툭 밀어넣은 간단한 동작으로.

으득!

이 갈리는 소리가 들렸다. 단, 중천에게서 들려온 소리는 아니었다. 좀 먼 곳. 아마 중천검대원 중 한 명인 것 같았다. 열린 기감이 그 소리를 잡았지만 그쪽으로 시선을 돌리지는 않았다.

그저 무시.

우르릉!

천뢰제왕공으로 풀려 나오는 제왕검형은 확실히 특별했다. 그러나 무린에게 그저… 비범, 딱 그 정도였다.

좌아악!

검이 공간을 가르면서 무린의 옆구리로 짓이겨 들어왔다. 검면을 살짝 비틀어 공기의 저항을 최대한 죽인 다음, 매섭게 들어왔다.

쩌엉!

무린은 자세를 슬쩍 틀면서 옆구리에 창을 슬쩍 가져다 댔다. 그것만으로 중천의 검격은 막혔다. 오히려 무린의 창에 막혀 튕겨 나갔다.

쉭.

서걱.

무린은 막는 것에서 끝내지 않았다. 중천이 튕겨나가는 그 순간을 노려 창을 가볍게 찔러 넣었다. 하지만 가볍게 찔러 넣은 그 일격은 중천은 물론, 지켜보는 모든 이들의 육안을 벗어난 속도를 보였다.

앞섬이 갈리고, 피부도 같이 베였다.

탓, 타닷.

"……."

대여섯 걸음을 물러난 중천이 자신의 앞섬을 말없이 바라봤다. 이미 갈라진 곳 밑으로 또 하나의 흉터가 생겼다.

살이 천천히 갈라지면서 피가 뭉클뭉클 빠져나오기 시작했다. 얕게 베인 게 전혀 아니었다. 중천이 급히 상체를 빼지 않았다면 살이 아닌 근육까지 창날이 파헤쳤을 것이다. 그걸 아는 중천은 본능적으로 소름이 쫙 돋았기 때문에 침묵했다. 하지만 그는 이내 웃었다. 중천은 이걸 원했다.

이래야 했다.

이래야만… 그가 정한 결정이 바로 이거였으니까. 물론 목숨을 걸 생각은 아니지만, 때에 따라 걸 생각도 있었다.

하지만 그 이전에…….

'좋구나.'

중천이 웃는 이유였다.

그는 이제야 유쾌해졌다.

무인으로서의 만족감 때문이었다. 한평생 살면서 무린 정도의 무인과 언제 한 번 검을 나눠볼 것인가. 그럴 기회가 있는 할까? 사십이 넘도록 중천은 단 한 번도 없었다. 좀 어렸을 적 무원과 한 번 검을 나눠본 적이 있었지만, 그건 비무라 볼 수 없었다. 지도였다. 결코 생과 사를 가르는 치열함이 존재할 수 없었다.

'지겠지.'

중천은 안다.

자신은 결코 무린을 넘을 수 없음을.

하지만 그럼에도 중천은 웃었다.

넘지 못해도 좋다.

'나는 겨우 몸 풀기에 지나지 않겠지. 하지만 그것만으로도… 좋다. 내게서 많이 봐가거라. 남궁가의 검술을.'

이게 바로 중천의 뜻이었다.

무린은 물론, 비천대에게 남궁세가의 검을 보여주는 것. 그게 내부가 진탕했는데도 일어나 중천이 검을 휘두르는 이유였다.

중천은 무린을 지지한다. 그건 여태껏 행동과 말로 충분히 보여줬다. 그의 판단으로 무린을 남궁세가는 막을 수 없었다. 그 생각이 든 것은 무원이 나서지 않을 거라는 말을 듣고 나서였다.

절정의 무인 수십이라면 막을 수 있었을 것이다. 구양가 때처럼. 하지만 탈각의 무인은 완전히 달랐다.

막을 방법이 없었다.

남궁세가가 양 떼도 아니건만, 무린이 들어서는 순간 무린은 늑대도 아닌 호랑이가 될 것이다. 늙어 이빨 빠진 호랑이가 아닌, 완전히 전성기의 산중제왕 호랑이로 말이다. 양 떼는 그런 호랑이를 잡지 못한다.

이건 중천의 생각이지만, 아마 누구나 일정할 소리이기도 할 것이다. 하지만 말했듯이 남궁세가는 양 떼가 아니다.

남궁세가도 맹수 떼다.

양패구상.

중천이 생각한 최악의 결말이다. 물론 무린에게 손을 들어는 준다. 하지만 중천은 자신의 아버지인 남궁현성이 대체 무슨 짓을 할지 알 수가 없었다. 분명 뭔가를 '준비' 한 것 같지만, 그게 뭔지를 모르겠는 중천이다.

그러니 변수가 있다.

변수는 언제 작용해서 어떤 결과를 이끌지 파악이 안 되기 때문에 변수라고 하는 것이다. 그래서 생각한 게 양패구상. 차라리 그런 결과가 나올 것 같다면… 중천은 그냥 무린이 이겨주기를 원했다. 그래서 보여주는 것이다.

무린도 많이 봤을 테지만 전부다 본 건 아니다. 비천대도 마찬가지. 그러니 눈으로 보고, 익히라는 뜻이다.

그래서 처음이 고혼일검이었다. 자신만의 기수식으로 보여준. 남궁세가에는 이런 검수들이 많았다.

검식의 변형은 경지에 든 이들이라면 누구라도 하는 일이다. 자신에게 가장 최적화된 자세를 만들어야 하니 말이다.

그때 무린의 입이 열렸다.

"생각이 기오."

"아, 이런… 미안하군."

중천은 웃었다.

검을 고쳐 잡은 중천의 자세가 다시 낮아졌다. 이 또한 조금은 생소하겠지만, 남궁세가 무인들이라면 보는 순간 알 수 있을 것이다.

창궁무애검법(蒼穹無涯劍法)이 나올 것이라는 걸 말이다.

쉭!

쉬시시식!

남궁유청의 검과는 전혀 다른 성향의 창궁무애검이 펼쳐졌다. 남궁유청의 창궁검은 부드러움 속에 극히 예민하고 날카로운 칼날을 숨겨 놓았다. 그러나 중천의 창궁검은 역시 그의 성격을 닮아 무겁고, 진중했다.

게다가 제왕검형이 기본적으로 담겨 있어 찍어 눌러오는 압박감이 장난 아니었다. 하지만 그건 역시 무린에게는 어떤 장애도 안겨주지 못했다.

쩡!

쩌저정!

이번에도 역시 가볍게, 가볍게 공격을 쳐내는 무린. 중천의 검이 화려하게 춤추기 시작했다. 창궁검, 고혼검.

그 이후는 검기공인 섬전십삼검뢰(閃電十三劍雷)와 방어검식이라 할 수 있는 대연검법(大衍劍法)이 마구 풀려나왔다.

그걸로 끝이 아니었다.

천풍검법(天風劍法)에, 한 손으로는 천뢰삼장(天雷三掌)을 포함한 장법, 지법이 연달아 터져 나왔다.

무아지경에 빠진 것처럼.

그때, 무린도 깨달을 수 있었다.

*   *   *

쩡!

주먹을 튕겨낸 무린이 두 발 뒤로 물러났다.

'형님.'

이제야 중천의 의도가 보였다. 중천은 자신이 가진 모든 것을 보여주고 있었다. 마치 검무, 혹은 연무처럼 보였다.

거의 무아지경에 빠져들던 무희의 춤처럼 보이기도 했다. 그리고 그게, 자신을 포함한 비천대에게 전체에게 보여주는 게 목적이라는 것도 알 수 있었다.

힐끔.

무린은 중천과 손속을 겨루기 시작하고 나서 처음으로 비천대를 바라봤다. 역시, 비천대는 무린과 중천에게 눈을 집중하고 움직이지 않았다.

말하지 않아도 척척 잘해주는 녀석들.

'하지만……'

무린은 여기까지 하기로 했다.

중천의 마음, 뼈에 새겨질 정도로 전해지고 있지만 딱 여기까지만 받기로 했다. 화르르! 불이 타오르는 것처럼 무린의 기세가 터져 나왔다.

무린의 기세가 변했다는 것을 중천은 본능적으로 느꼈고, 무아지경은 그대로 깨져 나갔다.

"아……"

낮은 탄식.

탄식 뒤 중천은 의아스러운 눈동자로 무린을 바라봤다. 파악하지 못한 것이다. 분명 자신의 의도를 이해했으면서도, 그걸 강제로 깨트린 무린의 의도를.

"고맙소, 형님."

"……"

무린의 말에 중천은 말문이 턱 막혔다. 그리고 그 직후 무린의 신형이 그 자리에서 꺼지듯이 사라졌다. 마치 연기처럼, 신기루처럼 사라졌다가 나타났을 때는 중천의 뒤였다.

슉.

"한숨 주무시오."

"아……"

펑……!

앞발을 넣으면서 그대로 어깨로 중천의 등을 후려쳐 버리는 무린. 중천의 신형이 그 일격에 붕 떠서 날아갔다. 마치 포탄처럼 중천의 신형은 정확히 중천검대가 있는 곳으로 곧게 날았고, 대주! 하고 놀란 검대의 무인 하나가 급히 중천을 받았다.

픽!

담긴 힘이 가볍지가 않았기에 중천을 안은 무인은 그대로 바닥을 굴렀다. 그러면서도 필사적으로 중천이 바닥에 떨어지지 않게 버텼다. 그들의 충이 어느 정도인지를 볼 수 있었다. 대주! 대주! 하고 불러보지만 중천은 눈을 뜨지 않았다. 급히 그의 코, 손맥을 통해 숨과 맥을 짚는 무인은 얼굴을 굳혔다가, 이내 하아… 하고 안도의 숨을 내쉬었다.

무린이 손속에 사정을 둔 것을 안 것이다. 하지만 그렇다고 그들은 무린에게 감사할 수가 없었다.

하지만 그렇다고 나설 수도 없었다.

그러니 결국 침묵이 장내를 감쌌다.

"……."

"……."

단방.

정확한 일격에 중천검왕을 침묵시킨 무린. 알고 있었다.

비천무제의 무위가 상상 이상이라는 것을.

그러나 그래도, 혹시나 하는 마음이 있었을 것이다. 왜? 중천검왕이니까. 남궁세가의 직계, 그중에서도 무려 소가주.

선택받은 혈통이고, 선택받은 피를 이은 만큼 어려서부터 모진 수련을 바탕으로 약관을 갓 넘겼을 때 절정의 벽을 깨트린, 남궁세가는 물론 중원에서도 알아주는 최고의 검객이다. 그게 남궁중천이다.

그러니 한 가닥 희망을 건 것이다. 그런데 한 가닥 희망은 그냥 부질없는 희망으로 끝났다. 비천무제. 제의 칭호를 받은 무인에게 왕의 칭호를 받은 무인은 발끝도 좇아가지 못한다는 사실만 밝혀졌다.

천뢰제왕신공(天雷帝王神功), 거기에 제왕검형(帝王劍形)을 담은 모든 남궁세가의 검공이 깨졌다.

비천무제의 피부는커녕 옷깃도 스치지 못했다. 모든 일격은 막히고 튕겨졌다. 지켜보는 이들은 기가 막힐 따름이었다.

말도 안 나올 정도로.

그때까지 가만히 서 있던 무린이 움직였다.

저벅, 저벅저벅.

천천히 걸어 자신의 전마로 가서 올라타는 무린.

무린이 움직이자 비천대가 따라 움직였다.

스윽.

타다다다닷!

중천검대가 그런 비천대의 앞을 막았다.

"막을 생각인가?"

"더, 더 이상 들어가지 못한다!"

"그런가."

무린은 고개를 끄덕였다.

별 관심 없는, 정말 무심한 눈동자였다.

흑요석처럼 검은 눈동자가 중천검대 전체를 한차례 훑듯이 쓸고 지나갔다. 직후 무린의 입술이 천천히 열렸다.

"안타깝군."

"쳐, 쳐라!"

스르릉!

백 이상의 검수가 검을 뽑아낼 때 울리는 검명은 분명 아름다웠다. 하지만 뒤이어 벌어질 일은 그다지 아름답지 못할 것 같았다.

무린도 비천흑룡을 분리해 말안장에 꽂아 넣었다. 그리고 그 옆에 꽂혀 있던 길쭉한 것을 뽑아냈다.

무린이 뽑자 비천대 전체가 같이 뽑았다. 적갈색의 길쭉한 단봉. 하지만 말이 단봉이지, 그냥 몽둥이였다.

"말귀를 못 알아듣는 자에게는 매가 약이지."

무린의 그 말이 끝났을 때, 무린은 말 위에 없었다.

다시금 한 마리 호랑이로 돌아간 무린은 거침없이 이빨 세운 맹수 떼를 헤집기 시작했다. 일방적. 이 상황을 설명할 수 있는 가장 적절한 단어였다.

第百六十八章

관전자(觀戰自)

귀환병사

"기가 막히는군."

고각의 꼭대기에서 모든 상황을 지켜보던 황보악의 입에서 흘러나온 말이었다. 그의 말에 그 뒤에 서 있던 동생들이 일제히 고개를 끄덕였다. 그들도 기가 막혔기 때문이다. 지금 현재 심정이 딱 그랬다.

"후후, 남궁세가의 검수들을 몽둥이로 때려잡는다? 어디 가서 말했다간 미친놈 소리 듣기 딱 좋겠어. 하하하!"

보는 걸로도 기가 막힌다.

그런데 이걸 그냥 귀로 듣는 사람들은 얼마나 기가 막힐까? 아니, 그 이전에 믿지도 않을 것이다.

천하의 남궁세가 검수들이 몽둥이에 맞아 아작 나고 있다는 말은 그만큼 현실감이 없는 이야기다. 화자(話者)들이 이 말을 꺼냈다간 술 한 잔을 얻어먹는 대신 욕만 아주 바가지로 얻어먹을 것이다.

그만큼 현실성이 없었다.

이런 상황의 배경에는 당연히 비천무제의 무력이 있었다.

"어떻게 저런 움직임이 가능할까요?"

동생, 산의 질문에 황보악은 아직도 가볍게 산책하는 움직임으로 중천검대를 때려눕히는 무린에게 시선을 돌렸다.

잠시 보더니, 다시 되물었다.

"보이긴 하냐?"

"아뇨. 하나도 안 보입니다. 그래서 물은 겁니다. 어떻게 하면 절정무인의 안력을 벗어나는 속도가 가능한지."

"탈각이다."

"탈각… 형님도 아직 못 이뤘다는?"

"그래."

황보악은 시선을 고정시킨 채 대답했다. 두 눈동자가 불길을 일으킬 정도로 강렬했다. 못 이룬 정도가 아니었다. 벽, 벽에도 아직 접근하지 못했다. 그걸 아는 이유는 계속해서 자신의 무위가 아주 조금씩이지만 성장하고 있다는 걸 스스로 느끼고 있기 때문이다. 성장을 하니 벽을 본 게 아니었다.

즉, 절정의 끝도 아직 못 봤다는 소리였다.

격차가 정말 어마어마했다.

"오빠 눈에는 보여요?"

"……."

보이냐고?

그럴 리가.

동생들보다 황보악이 윗줄에 있는 건 맞지만 절정이라는 같은 테두리 안에 있는 실정이다. 동생들이 합공하면 황보악도 감당하기 어려웠다. 둘이면 겨우 동수 정도, 셋이면 필패다. 그러니 황보악도 제대로 대답할 수 없었다.

그의 시야에도 무린의 움직임은 쉭쉭거리면서 지나가는 바람처럼 보였기 때문이다. 다만, 그래도 황보악은 느끼는 게 있었다.

'목표, 그리고 빠른 목표 설정. 그 후 각도 설정이 들어가고 움직이는 거야. 이게 머릿속에서 즉각 이뤄지고 있어. 단한 호흡조차 허투루 쓰지 않고 있어.'

바로 보았다.

그의 눈에 비취는 무린은 정말 불필요한 동작이 단 한 톨도 없었다. 목표의 급소로 향하는 주먹과 봉이 들어가는 각도 설정도 기가 막혔다. 현 자세에서 나올 수 있는 아주 최적의 각도.

'순간적으로 타격점을 일찍 가격해. 뭐지? 중간에 잠깐 끌어올리는 건가? 타격 때만?'

눈 깜빡할 사이에 퍽퍽거리면서 쓰러지지만, 황보악은 그래도 보긴 봤다. 마지막 순간에 무린의 신형이 좀 더 빠르게 움직인다는 걸.

그러면서 툭, 끊어 치니 뭐가 뭔지 파악도 하기 전에 당한 중천검대원의 의식이 날아갔다. 방어?

십 보 앞에 있던 사람이 눈동자를 감지도 않았는데 바로 코앞에 있다 생각해 봐라. 뇌가 어떻게 나오나.

인지하고 반응하기도 전에 시야가 암전될 것이다. 뇌의 인식보다도 빠르게 무린의 공격이 들어갔으니까.

봤을 때 이미 당했다는 뜻이다. 그러니 속수무책이었다.

"장난 아니네요……. 저는 그냥 번쩍이는 모습밖에 안 보여요……."

황보연의 말에 그 두 오라비가 고개를 끄덕이며 수긍했다. 황보연은 일류의 벽을 넘어 절정의 영역으로 진입한 지 얼마 되지도 않았다. 아직 절정의 영역에 익숙해지지도 못한 상태였다. 생각이 일면 몸은 이미 움직이는 이 경지에 적응을 못한 것이다. 절정. 대단한 경지다. 사실 웬만한 무가에서는 한두 명 보유하기도 힘든 게 절정의 무인이다.

그런 황보연이 파악조차 못하고 있다. 하지만 그게 이상한 일은 아니었다. 생각해 봐라. 황보악의 안력에도 무린의 동작이 끊겨 보이는데 어련할까.

"완전히 격이 달라……! 저게 사람이야?"

"와……."

무린의 움직임이 변했다.

그리고 그걸 보는 황보악의 눈매가 꿈틀거렸다. 더 빨라졌다. 마치 이러고 있는 것조차 아깝다는 듯이 거침없이 몰아치기 시작했다.

퍽, 퍽, 퍼벅, 퍽퍽퍽.

정말 농담이 아니라 그런 소리밖에 들려오지 않았다. 완전히 당황한 중천검대는 신음도, 비명도, 고함도 치지 못했다. 고개만 돌려 무린을 파악하다가 그냥 그 자리서 영혼이 빠져나간 사람처럼 쓰러졌다.

기사(奇事)다.

마치 독에 중독된 사람들이 시각차를 두고 쓰러지는 것과 전혀 다를 게 없었다. 더욱더 빨라진 무린의 신형은 이제 황보악의 시선조차 벗어나기 시작했다. 그의 눈에도 무린은 그저 그림자처럼 보였다.

언제 움직이고 언제 치고 언제 다시 움직이는지.

도무지 보이지가 않았다.

내력을 잔뜩 돌리고 있는데도 말이다.

"아, 끝나간다…….."

중천검대의 반 이상, 아니, 삼분지 이가 벌써 바닥에 드러누워 있었다. 얼마나 지났지? 황보악은 지금 일각 정도 지났나 생각해 봤다. 고개가 바로 저어졌다. 아무리 길게 잡아 봐도 일각이 채 못 되고 있었다.

그 안에 벌써 검대 하나를 정리하고 있었다. 아무리 방계 출신 무인들로 구성한 중천검대라지만 일류가 아닌 자는 아무도 없었다.

모조리, 정말 모조리 일류의 검수들이었는데… 그들은 검을 꺼내지도 못했다. 아니, 꺼내긴 했다.

휘두르질 못했다.

평생을 익혔을 가문의 검식을 단 한 차례도 선보이지 못했다. 시각에서 전달되는 정보로 뇌는 무린이 저 멀리 있다고 인식했고, 자신이 목표가 됐을 때는 다시 인식해야 하는데 이 인식 과정이 끝나기도 전에 무린은 이미 그 상대를 쓰러트리고 다른 곳으로 이동하고 있었다. 그러니 검을 휘두를 수도 없었다.

정말 멍하니… 볼 수밖에 없었다.

그렇게 멍하니 있다 쓰러지는 거고.

기백이던 중천검대가 이제 숫자를 셀 수 있을 만큼밖에 남지 않았다. 그마저도 기하급수로 떨어지기 시작했다.

다섯.

넷.

"아……."

빠바박!

상당한 거리가 떨어진 이곳까지도 들려오는 경쾌한 타격 소리. 거의 동시에 들려온 그 소리를 들으면서 황보악은 중천 검대의 전멸을 떠올렸다. 역시나 무린의 움직임이 멈추자, 남 은 셋이 동시에 풀썩 쓰러졌다.

대단, 정말 대단했다.

고요함 속에 우뚝 서 있는 무린의 모습은 정말 무제의 별호 가 너무나 잘 어울렸다. 마치 화인처럼 가슴에 남을 것 같았 다.

황보악은 태어나 지금까지 그 누구도 동경해 본 적이 없었 다. 범상치 않은 어린 세월을 보냈으면서도 그 누구도 의지하 지 않았다.

오직 나, 나 자신 하나만을 의지하고 살아온 황보악이다. 그런 그가 서른이 넘어서야 동경할 수 있는 무인을 눈으로 봐 버렸다.

일거수일투족에 집중했다.

슥, 비천대와 얘기를 나누던 무린이 시선을 돌렸다. 그 시선은 정확히 황보악을 향했다. 몰랐을 리가 없었다.

　무린의 동작을 보려 수미천왕공까지 운공한 황보악과 남매들이다. 기세는 당연히 피어났을 테고 무린의 기감을 벗어날 수 없었을 것이다. 마주친 시선을 황보악은 피하지 않았다. 아니, 피할 수가 없었다. 꽉! 잡아당긴 것처럼 그에게 시선이 빨려 들어갔다. 황보악은 몰랐지만 무의식의 발현이었다.

　동경하는 사내의 무를 훔쳐봤기에 생긴.

　슥.

　잠시간 마주쳤던 시선은 무린이 먼저 피했다. 관전자의 존재를 알아차리고서도 묵인하는 행동이라 할 수 있었다. 황보악은 웃었다. 만약 관전자의 시선이 싫었다면 어떠한 행동이 있었을 것이다.

　그러나 무시.

　무시는 곧 묵인.

　재미있게 됐다.

　중천검대 말고 더 강한 남궁세가의 주력과 무린이 싸우는 현장을 두 눈으로 볼 수 있는 기회를 그가 제공했다.

　이걸 놓치면 병신이다, 병신.

　벽 너머를 간절히 원하는 황보악에게 이건 천금 같은 기회다. 그리고 두 번 다시없을 천고의 기회이기도 했다. 놓치면 또 천추의 한으로 남을 기회였다.

무린이 움직이기 시작했다.

내성을 향해서였다.

무린이 움직이자 비천대도 천천히 따라 그의 뒤를 따랐다.

"가자."

"네? 여기서 더 말입니까?"

"그래."

"위험합니다. 외성은 몰라도 내성 침입이 주는 의미를 잘 아시지 않습니까."

신중한 산의 말에, 황보악은 웃었다.

안다. 내성 침입의 의미를.

무림세가에서 허락 없이 내성에 침입하는 자를 살려둔 예는 없었다. 왜냐고? 내성엔 세가의 중요 인사들의 거처와 중요 서적을 보관하는 전각 등 그 세가의 역량이 총 집결되어 있기 때문이다.

그렇기 때문에 내성 침입은 발견 즉시 즉결 처분이다. 이건 그 어느 곳이나 마찬가지다. 황보세가도 마찬가지다. 몇 차례 내성 침입은 당연히 있었고, 발견 즉시 사살했다. 포로로 잡을 생각도 하지 않는다.

즉참(卽斬)으로 다스린다.

산이 다시 황보악을 말렸다.

"형님, 내성은 아무래도 안 됩니다. 남궁세가의 분노를 살 게 분명합니다."

"그래서 포기하자고? 이제 진짜 비천무제의 무위를 볼 수 있을 텐데? 지금처럼 몸 풀기 말고, 진짜 그의 무를 볼 수 있을 텐데?"

"아쉽기야 하지만… 다음이 있지 않습니까?"

"아니? 지금이 지나면 어쩌면 평생에 두 번 다시 볼 기회가 없을지도 몰라. 이건 감인데… 예언이라고 해도 좋아. 오늘을 놓치면, 우린 탈각지경의 무를 다시는 볼 수 없을 거야."

"……."

단호한 황보악의 말이었다.

물론 이 말은 거짓말이다.

다시는 없을지도 모른다.

하지만 앞날은 모르는 일이다. 단지 황보악은 오늘을 놓칠 수가 없었을 뿐이었다. 오늘은 무제의 무위를 제대로 본다면, 벽 앞까지 갈 수 있을 거라는 예감이 들었다. 아직 벽조차 만나지 못한 황보악에게 이는 대단한 진전이라 할 수 있다. 그러니 포기가 안 되는 것이다. 거짓말을 해서라도 보고 싶은 것이다.

내성 침입이라는 위험한 짓까지 할 작정인 것이다.

연이 낮은 어조로 입을 열었다.

"무제를 신경 쓰는 것도 벅찰 텐데, 저희까지 신경 쓸 수 있을까요? 아마 정신없을 거예요."

"그치?"

"오라버니 뜻대로 하세요."

"들었지? 우리 귀염둥이 연이가 내 뜻대로 하란 소리?"

황보악은 웃었다.

본래는 마음대로 했겠지만, 이건 세가끼리 분쟁이 될 수 있기 때문에 황보악도 동생들의 의견을 듣는 것이다.

산이 고개를 절레절레 저었다.

"하아, 연아."

"뭐 어때요. 정말 오늘이 아니면 그분의 무위를 다시는 못볼지도 몰라요. 놓치기 힘든 기회임은 분명해요."

"당장은 상관없겠지. 하지만 그들이 이 일을 마무리 짓고 나서 따져 오면 어떡할 생각이냐? 분명 곤란해질 거야."

"후후. 복면이라도 쓰죠, 그럼."

"……."

그게 더 위험한 것 같은데… 조용한 강의 말에 황보악은 웃었다. 그러나 그 웃음은 다시 순간적으로 경직되고 말았다.

콰앙……!

처음과 같은 화탄 터지는 소리.

"아따, 진짜. 성미도 급한 양반이네."

그는 무린이 어느새 내성문까지 도달했다는 것을 알 수 있었다. 그리고 지체 없이 성문을 다시 부숴 버렸다는 것도 알 수 있었다.

급히 몸을 날리는 황보악.

그런 그의 뒤를 남매들이 뒤따랐다. 전각을 타고 몸을 날려 황보가의 사 남매가 사라진 뒤, 잠시 후 그 자리에 다시 찾아오는 손님이 있었다.

"좀 늦었나?"

"……."

찾아온 사람은 두 사람.

일남 일녀였다.

칙칙한 하늘에서도 빛을 발하는 은빛 머리카락이 인상적인 여인과, 현 하늘의 색을 너무 닮은 잿빛 머리카락을 지닌 사내.

광검 위석호와 그의 동생, 위운혜였다.

잠시 멈춰 내성을 보던 위석호가 말했다.

"소리를 들린 걸 보니 아무래도 벌써 내성까지 들어갔나 본데?"

"생각보다 일찍 끝났어요……."

"보이지? 저게 외성을 지키던 전부인 것 같은데? 아마 정예는 내성에 있겠지."

"……."

"우리도 가지."

"네."

쉭.

소음도 없이 위석호의 신형이 사라졌다. 위운혜의 신형도 같이 사라졌다. 벽 너머 무인의 신법이었다. 소리도 없이 사라진 둘의 모습이 다시 나타난 건 외성벽의 전각 위였다. 휘유. 휘파람을 한 번 분 위석호가 전각 위에 걸터앉았다. 그 후 손바닥으로 자기 옆을 툭툭 치자 위운혜가 그 옆에 가지런히 앉았다.

"자리 좋다. 저쪽도 좋은 자리 잡은 것 같고. 호오, 저기도 있네? 이거 생각보다 손님이 많은데?"

"……."

위석호의 시선을 따라 위운혜의 시선도 따라 움직였다. 물론 그녀도 파악하고 있었다. 위석호에 비해 경지가 낮지 않은 그녀다. 아니, 오히려 먼저 '각성' 했기에 더 높은 줄에 있었다. 위운혜의 시선에는 여러 사람이 잡혔다. 모두 자신들처럼 높은 자리에 자리를 잡고 밑을 주시하고 있었다.

낯익은 사람도 꽤 있었다.

"무당의 도사 놈과 소림의 벙어리도 있네? 예하, 그 아가씨도 있고. 이것 봐라? 그 맹랑한 꼬마도 왔다는 소린가?"

"……"

무당. 그리고 소림.

구파의 두 이름.

결코 가볍지 않은 이름이었다. 물론 위석호도 분광의 전수자. 점창에 몸을 담았지만 완전히 적을 둔 건 아니었다.

"저쪽은… 익숙한 기운인데. 아아, 맞아. 황보가의 명왕공이군."

"저 소저는 검문의 소저예요. 이옥상 소저."

위운혜의 손길을 따라 가니 높은 고각 위 처마를 밟고 고고히 서 있는 여인이 보였다. 홀로 서 있는 그 여인의 기도는 느끼고 싶지 않아도 느껴졌다. 무린이 안 된다고 했지만 역시 참지 못하고 이곳을 찾은 것이다. 하긴, 여기에 있는 수많은 사람이 참지 못해 모인 이들. 이옥상의 행동도 이해가 갔다. 그런 이옥상을 위석호는 바로 알아보았다.

기감으로 따지면, 그 누구에게도 지지 않는 위석호였기 때문이다.

"후후, 이제 진짜가 시작될 시각이니 더 많이 몰려들겠군. 어디 오랜만에 얼굴들 좀 볼까?"

"……"

위석호는 느긋하게 처마에 등을 기댔다.

그리고 시선을 밑으로 던졌다.

밑은 아무런 미동도 없었다.

수백에 달하는 남궁세가의 무인.

그리고 마치 군의 기마대처럼 말 위에 올라 대치하고 있는 비천대. 느껴졌다. 흉흉하다 못해 곧 터져도 이상하지 않을 화탄 같은 분위기가. 그리고 그 분위기가 터졌을 시의 상황을 보고 싶은 관전자가 속속들이 모여들기 시작했다.

이윽고 무르익은 분위기.

무린과 남궁세가 무인 하나가 서로 대치하는 걸 시작으로 중반전이 시작됐다.

第百六十九章 진실(眞實)

귀환병사

무린은 외성문을 박살 내고 들어갔을 때, 드디어 기다리고 기다리던 자를 볼 수 있었다. 그 많은 남궁세가의 검수들 중에서도 아주 시야에 딱 잡혔다. 딱딱하다 못해 무거운 기세를 흘리던 자.

창천대검 남궁유성이었다.

소요진에서 무린에게 입은 부상을 어느 정도 치유했는지 안색은 밝았다. 하지만 그게 오히려 무린의 입가에 서늘한 미소를 짓게 만들었다.

부상당하고, 약해빠진 자의 목을 치는… 그런 불결한 취미를 가진 무린이 아니었다. 물론 북방이었다면 이것저것 생각하지 않고 목을 땄겠지만 지금은 상황이 달랐다. 그리고 무엇보다 창천대검, 이자만큼은 철저하게 짓밟아 버릴 생각이었다.

죽여주겠다고 이미… 맹세까지 했다.

"무도한 놈……."

조용히 남궁유성의 입이 열리며 흘러나온 말. 그 말은 작았지만 무린의 귀에는 물론 비천대의 귀에 적나라하게 들렸다. 그 말에 비천대 전체가 피식 웃었다. 격장지계야 저거? 킬킬킬! 수준 낮기는! 이러고 비웃는 비천대원도 있었다.

물론 그 비천대원은 갈충이었다.

무린은 말을 몰아 좀 더 앞으로 나갔다.

다가닥, 다가닥거리는 말발굽 소리에 무린의 말을 섞였다.

"무도하다라… 천하의 창천대검이 하는 격장지계인가?"

"놈……!"

"놈놈거리지 말지. 기분 나쁘군. 너 하나 죽으면 끝날 게… 여기 있는 모두가 죽어야 끝날지도 모르니."

"그게 가능할 것 같은가?"

"안 될 건 뭐지? 이곳이 죽을 자리인지, 지옥인지 모르는 놈들. 나 하나면 충분하다. 못 봤나? 내가 못 할 것 같나? 남궁세가라면… 씹어 먹어도 시원치 않아. 지금도 많이 참고 있다는 걸 알아야지."

낮게 깔려 나가는 무린의 말에, 남궁유성은 물론 남궁세가 무인들 전체의 얼굴이 일그러졌다. 무시하다 못해 아예 짓밟는 말이다. 혼자서 기백을 쳐 죽이겠다고 한다. 그것도 천하의 남궁세가에 적을 둔 자신들을.

이곳에 모인 자 중 일류가 아닌 자는 아무도 없었다. 그런 자신들이면 웬만한 세가 하나 뒤집는 건 일도 아니었다.

실제로도 그랬다.

하지만 그건… 웬만한 세가일 때나 할 얘기고.

무린은 단일 존재로 세가를 넘어선다. 넘어서기만 하나? 그 이상이다.

"그 말에… 책임져야 할 것이다! 이놈!"

"책임지러 이렇게 왔지. 걱정 말도록. 네놈의 목은 반드시 따줄 테니까."

무린은 그렇게 말하고 남궁세가 무인들을 둘러봤다. 전체, 거의 전체가 눈에 적의를 품고 있었다.

무린이 소요진에서 마도가를 징치할 때는 선망의 대상으로 보더니, 이제는 자신들을 적대한다고 적의를 내보이고 있었다.

간사한 마음이다.

그러나 당연한 마음이기도 했다.

무린은 그걸 이해했다.

자신이라도 그랬을 테니까.

하지만 그 적의 안에, 대체 비천무제가 자신들한테 왜 이러는지에 대한 궁금증이 섞여 있었다. 무린은 그걸 한 번 훑어보는 것만으로도 파악했다. 그리고 파악 즉시, 입가에 미소를 지을 수밖에 없었다.

"궁금한가?"

툭 떨어지는 무린의 말에, 남궁세가 무인들의 눈빛이 살짝 떨렸다. 말뜻은 못 알아들은 이들은 어리둥절한 눈을 했다.

그러나 무린은 아랑곳하지 않았다. 어차피… 여기서 다 밝혀질 테니까.

"내가 남궁세가를 쳐들어온 이유. 궁금한가?"

"이놈……!"

남궁유성이 득달같이 달려들었다.

그는 본능적으로 안 것이다.

무린이 지금 무슨 말을 하려 하는지. 검을 뽑아 사력을 다해 그어오는 남궁유성을 무린은 비천흑룡으로 후려쳤다.

말 그대로 정말 후려쳤다.

하지만 비천신기의 내력이 아주 가득 담겼으니 버티기 쉽지 않을 것이다. 아니, 버티지 못할 것이다.

쩡……!

"컥!"

역시다. 그는 무린의 일격에 달려들던 것보다 더 빠르게 튕겨 나갔다. 그리고 꼴사납게 바닥을 굴렀다.

데굴데굴 굴러간 그는 창천대의 부대주가 잡아줄 때까지 굴렀고, 멈추고 나서는 피를 왈칵 뿜었다.

한 방에 내상을 입힌 것이다.

그런 남궁유성을 보며 무린의 입이 다시 열렸다.

"말할 때 기습이라… 더럽군. 천하의 남궁세가의 무인치고는 너무나 더럽고 치졸한 방법이야. 그렇게 생각하지 않나?"

"크으, 이놈……."

"이놈, 이놈. 그 말밖에 모르나……? 더한 말을 해도 들어줄 용의는 있다. 물론 들어줄 용의만. 책임은 져야 할 거야."

"크으으……."

남궁유성의 얼굴이 와락 일그러졌다. 소요진에서 무린에게 당한 부상을 완벽하게는 회복하지 못한 상태였다. 그런 상태에 무린의 비천신기에 다시 당하니 내부가 아예 곤죽이 된 느낌을 받고 있었다.

"그리고 좀 기다리지? 어차피 네놈이 처음이 될 테니까. 자, 다시 본론으로 돌아가지."

무린의 시선이 다시 남궁세가 무인들을 향했다.

무린과 남궁세가의 무인들을 번갈아 바라보는 남궁유성의

눈에 불안이 깃들었다. 그답지 않았다. 정신적으로 무너지는 모습이었다.

"자, 잠시만 기다리시게. 후우……."

그때 인파를 헤치고 앞으로 나서는 이. 급하게 달려왔는지 호흡이 고르지가 못해 살짝 헉헉거리는 이는 남궁철성. 철대검이었다.

따로 천하대협이라 불리는, 남궁세가의 삼대검 중 일인이다. 또한 탈각의 반을 이룬 무인이기도 했다.

그런 철대검이 등장했지만, 무린의 얼굴에는 변화가 없었다. 어차피 있어도, 없어도 상관없었기 때문이다.

마음의 결정이 섰다.

무혜 덕분에.

"가다리지 못하겠다면?"

"얘기 좀 하세. 응? 자네 이리 급한 성미 아니잖나."

"급한 성미와 이건 상관이 없는 것 같은데. 내 입으로 내가 진실을 얘기하겠다는데, 그게 성급한 건가?"

"그런 얘기가 아닐세. 좀 침착해 보게!"

"웃기는 군……."

그 말을 들은 무린의 입에 조소가 걸렸다. 누구 보더라도 남궁철성의 말을 비웃고 있었다. 그러나 무린의 입장에서는 비웃을 수밖에 없었다.

"나한테는 침착했었나?"

"음, 그게……."

"내게, 내 가족에게 한 처사는 침착하게 한 행동들이었나?"

"……."

그 말에 남궁철성의 입은 딱 닫혔다.

저 말에는 반론의 여지가 없었다. 정말 아무것도 없었다. 무슨 말이라도 해야 한다는 걸 남궁철성은 느끼고 있지만, 반론거리가 아무것도 없으니 입을 닫을 수밖에 없었다. 그만큼 무린의 말은 너무 맞는 말이었다.

남궁유성이 무린을 찾아왔던 당시, 확실히 그때는… 남궁유성은 침착하지 못했다. 무린을 반죽음으로 몰고 간 걸로도 모자라 무혜까지 다치게 했다. 무공의 무 자도 모르는 여인에게 기세를 썼다.

용서받지 못할 일이다.

그건 전부가 남궁유성이 제 부친의 일로 흥분해 벌어진 일이다. 그런데 만약 그때, 무린에게 힘이 있었다면 그런 일이 벌어졌을까?

아니,
결코 안 벌어졌을걸?

신께 맹세코, 장담할 수 있다.

그랬던 주제에…….

지금 무린에게는 침착하라고 한다.

상황이 변하니, 자신들이 저지른 옛일은 생각도 안 하고 무린에게만 선처를 바란다.

더럽고…….

역겨운…….

구역질이 난다.

"무공도 모르는 아녀자에게 기세를 쐈지. 절정 무인의 기세를. 어떻게 됐는지는 알고 있겠지?"

"……."

그래서 무린은 다시 상기시켜 주기로 했다. 네놈들이 한 짓을. 네놈들이 무슨 짓을 했었는지, 그러니 내가 참을 이유가 어디에도 없다는 것을.

"나는 죽음의 경계선을 넘나들다 반년이 지나 겨우 눈을 떴고."

"……."

그 당시는… 정말 죽는 줄 알았다.

반년이다, 반년.

몸을 추스르는데 걸린 세월도 거의 반년에 육박했다. 제갈세가 의각을 맡고 있는 이가 그랬다. 힘들다고.

살아났을 때는 그랬다.

천운이라고.

즉, 죽었어도 이상하지 않았다는 소리다.

"내 동생은 기절해… 며칠을 보냈지. 조금만 더 심했으면 아마 내 동생도 나와 같은 상태에 빠졌겠지. 아, 이건 자비였던가? 침착해서 그나마 봐준 건가?"

"……."

무린의 이번 말은 마치 혼잣말 같았다.

조용히 중얼거리는 것 같았다. 스스로에게 묻고 있는 것 같았다. 그래서 시각과 청각을 잡아끄는 힘이 더 대단했다.

모두의 귀로 쏙쏙 들어갔다.

전각 위, 관전자들에게도.

"그래, 봐준 건 맞군. 좋아. 동생은 그나마 봐줬으니까… 한 번만 침착해 주지. 할 말이 있으면 지금 다 하는 게 좋을 거야. 당신이 말한 후, 나도 말한다. 그리고 그 뒤는 없다. 서로 칼질만 남았을 뿐이야."

"……."

그 말에 남궁철성은 입술을 살짝 깨물었다. 대범한 그답지 않은 행동이었다. 이유는 역시 하나. 지금 무린의 말이 결코 허튼소리가 아니라는 걸 깨달았기 때문이었다. 정말 이번이 마지막 기회였다.

그 자신이 무린을 말릴 수 있는 마지막 기회.

후우…….

그러니 저도 모르게 긴장이 됐고, 그 긴장을 풀기 위한 한숨도 저절로 나왔다. 잠시 숨을 고른 남궁철성이 앞으로 걸어 나왔다. 서로 대치 중인 공간에서 정확히 반. 무린은 그걸 보고 바로 의도를 깨달았다.

자신도 나오라는 뜻이다.

그리고… 둘만 얘기하자는 뜻이다.

피식.

저도 모르게 입술을 일그러트린 무린은 그걸 받아주기로 했다. 그리고 과연 무슨 말이 나올까, 기대하는 마음도 들었다.

'그래도 나를 멈출 수는 없겠지만…….'

물론, 남궁철성이 무슨 말을 해도 변하는 건 없을 것이다. 수없이 얘기했지만, 오늘 무린은 종지부를 찍을 작정이기 때문이다.

'길고 길었던… 남궁세가와의 은원은 오늘 모두 정리한다.'

그렇게 속으로 다시 강하게 다짐했을 때, 걸음은 남궁철성 앞에 멈췄다. 두 사람이 서로 마주보자 겨울의 삭풍이 두 사

람을 강하게 쓸고 지나갔다. 용오름처럼 마구 회오리치더니
이내 승천했다.

그러나 두 사람 다 미동도 없었다.

무린이 먼저 입을 열었다.

"바람까지 나를 차갑게 식혀주는 군. 하늘도 내 편인 모양
이야."

"……"

덤덤하기까지 한 그 말에, 남궁철성은 대답하지 못했다. 대
답할 수 있을 리가. 저 말이 남궁세가의 몰락을 의미하는 말
인데.

단 일인에게 무릎 꿇어 봐라. 천하제일가의 명성이 이어지
나. 역사의 뒤안길로 사라지지는 않을 테지만, 그보다 더한
치욕적인 수치가 기다리고 있을 것이다. 못해도 일 년은 천하
곳곳에서 남궁세가 얘기가 돌 것이다.

그것만큼은 정말 피하고 싶은 남궁철성이었다. 하지만…
그 자신은 솔직히 예감하고 있었다.

"꼭 이렇게까지 해야 하는가?"

무린을 말릴 수 있는 방법은 딱 하나고, 그 하나는 절대 가
주가 허락하지 않을 것이라는 것을.

일그러진 관계.

비틀어진 마음.

대모와 가주의 사이에 존재하는 것들 때문에, 가주는 결코 대모를 무린의 곁으로 순순히 보내줄 마음이 없음을.

"실망이군."

무린의 입이 열리면서 나온 대답이었다. 무린은 앞에도 말했지만 좀 기대했었다. 하지만 나온 말은 정말 실망스럽기 그지없었다.

"인정에 호소해서 이 상황을 멈추고 싶다……. 이게 전부인가? 당신이 할 말은?"

"아니, 아니 그게……."

"솔직히 말해볼까? 사실 없지 않나? 나를 멈출 방법이. 아니, 딱 하나 있군. 몇 사람과의 은원 해결. 그리고 어머니."

"……."

무린의 입가에 비틀려 맺혀 있는 미소가 더 진해졌다. 눈에 확 띌 정도로 짙어진 미소가 남궁철성에게 향했고, 그의 입술을 꾹 다물리게 만들었다.

무린의 후벼 파는 말은 계속됐다.

"하지만 남궁현성은 그 어느 것도 절대 들어줄 생각이 없겠지. 결국은 힘 대 힘이야. 강한 자가 원하는 것을 얻는다. 음, 강호의 율법 아니었나?"

"그건… 명분이 있을 때나……."

"명분? 명분? 지금 명분 얘기를 한 건가? 하, 하하. 하하하!"

무린은 웃었다.

진심으로 웃겼기에 그걸 참지 않고 그냥 터트렸다. 이 미친 작자가… 대체 지금 무슨 소리를 하는 건지 알고는 있나?

하하하하!

무린의 박장대소가 천하제일가의 내성에서 울려 퍼졌다. 바람이 불고 있었다. 조금도 아니고 많이. 그런데도 무린의 대소는 그를 중심으로 마치 동심원을 그리듯이 퍼져 나갔다. 전부가 들을 수 있었다. 하지만 둘의 대화는 좀 작아서 들은 사람이 몇 되지 않았다.

웃음을 멈춘 무린.

직후 삽시간에 표정이 변했다.

"미안하군. 너무 웃겨서 말이야. 지금 명분 얘기를 한 게 맞나 싶을 정도야. 하나 묻지. 나, 그리고 남궁세가. 어느 쪽에 명분이 있을 것 같나? 아, 물론 밝힐 수 있는 명분이 말이야."

"……"

남궁철성은 대답하지 못했다.

남궁세가가 쥔 명분이라 해봐야 비천무제가 쳐들어왔다. 그래서 대응한다. 이것 하나밖에 없었다.

그럼 반대로 무린은?

아주 확실한 명분을 몇 개나 가지고 있었다. 말만 하면 전부 고개를 끄덕일 거라 안 봐도 딱 예상이 가능한 명분들이다. 그게 밝혀지면 모두 남궁세가가 아닌, 비천무제를 지지할 것이다. 말 실수였다.

해선 안 될 말이었다.

자극제. 그 자체를 무린에게 던져 버렸다.

"상황이 급박하니 해선 안 될 말도 막 던지는군. 협상은 결렬이다. 아니, 협상도 아니었군. 이만 끝내지. 더 이상 당신 입에서 어떤 소리가 나올지, 내가 두려워졌어. 못 참을 것 같거든……."

"……."

진심이었다.

이제 들어주는 건 끝이라 생각한 무린이 뒤로 물러났다. 그리고 다시 자신의 자리로 돌아갔다.

무린은 앞을 주시했다.

남궁철성도 힘없이 제자리로 돌아가고 있었다. 이제 끝났다. 더 이상 말로 할 대화는 없었다. 내 이유, 밝힐 것만 밝히고 나면…….

이후는 다시 전쟁이다.

"자, 다시 얘기를 시작하지."

"……."

"……."

이번에는 남궁철성, 남궁유성 두 사람 다 침묵했다. 다만 입술을 꽉 깨물고 있었다. 또한 불안한 얼굴이었다. 무린이 어디까지 얘기할지 모르기 때문이다.

무린의 얼굴에 모두의 시선이 꽂혔다.

그걸 보고 무린은 다시 웃었다.

그리고 속으로 생각했다.

'혜야, 월아. 이제 시작이다.'

진짜 어머님을 모시기 위한 시작.

이걸 말함으로써… 거대한 파장이 예상되지만, 무혜는 그래도 말해야 한다고 했다. 어머니라면 대충 두루뭉술하게 밝혔다가는 오히려 혼만 날 것이라 했다.

무린도 무혜의 말에 동의했다.

'어머님은 그런 분이시니까.'

무린의 입이 천천히 열렸다.

"내 이름은 진무린이다. 아버지는 진백상. 그리고 어머님은……."

아, 안 돼…….

이놈!

남궁철성과 남궁유성의 상반된 반응을 보면서, 무린은 마지막 말을 이었다.

"호연화. 아니, 남궁연화다."

아…….

이, 이놈이…….

쿵.

쿠궁!

쾅!

무린은 남궁세가에, 그리고 강호에 폭탄을 던졌다.

*   *   *

무린이 말은 내력이 실려 있어 울림이 강했다. 그 울림에 따라 소리 자체가 웅웅거리면서 남궁세가 전체에 울려 퍼졌다. 전각 안에 있었어도 들렸을 것이다. 하물며 전각 위에 있는 자들에게도 당연히 들렸다.

위석호는 잠시 멍청한 얼굴을 했다.

"내가 지금 무슨 소릴 들은 거지? 어이, 동생아. 비천객의 어머니 성함이 남궁연화라고?"

"네, 저도 그렇게 들었어요……."

"남궁연화. 남궁연화. 아, 내가 아는 그 이름은 딱 한 명밖에 없는데……?"

"남궁가의 대모……."

"그렇지. 그분밖에 안 계시지. 아, 잠깐만. 이거 이렇게 되

면… 비천무제가 남궁세가의 직계라는 소리 아냐? 가주 남궁
현성의 조카고, 중천검왕의 사촌동생. 맞지?"

"네……."

"그런데, 그런데… 칼을 뽑았다? 그것도 그냥 시늉이 아니
라… 개박살을 내고 있다? 보니까 이미 외성에서 한바탕했던
데?"

"오면서 보니까 중천검왕도 있었던 것 같아요……."

꿈틀.

위석호의 얼굴이 기묘하게 일그러졌다.

"저번에 보니 사이도 좋았던 것 같은데… 중천검왕을 작살
냈단 말이지?"

"네."

"이거 골 때리네? 잠깐, 근데 비천무제는 진씨 성을 쓰잖
아? 아니, 그 이전에… 대모가 혼인했다는 소리를 내가 들은
적이 있던가? 그 이전에 자식이라니. 이게 무슨 소리지? 내가
모를 비사가 있을 리가?"

"그만큼 철저하게 숨겼던 것 아닐까요?"

"남궁세가가 숨겼다?"

"네."

"왜?"

"좀 전에 말한… 진백상. 그 때문이 아닌가 싶어요."

"진백상? 어, 잠깐, 진백상? 내가 아는 그 진백상? 그 진백상이라고?"

"확실치는 않지만… 이름은 같아요."

"맙소사……."

위석호의 입이 쩌억 벌어졌다.

평소 그리 경박하지 않은 그다. 오히려 날카로운 조소를 날리고 서늘한 미소를 얼굴 전체에 깔고 전투가 시작되면 비천무제에 버금가는 무시무시한 살기로 무장하고 적의 목을 베는 게 위석호다.

그런 그가 놀라 입을 벌렸다.

드디어 떠올린 것이다.

진백상.

그 이름 석 자에 담긴 의미를.

"색마 진유원……."

그리고 위석호는 그 이름보다 위에 있는 이름을 담았다. 색마 진유원. 그의 아들 진백상. 이걸 아는 위석호가 신기했다.

물론 이유는 있었다.

위석호는 어린 시절, 천하 모든 비사를 긁어모았다. 자신에게 벌어진 상식 밖의 일을 해결하기 위해서였다.

가문의 몰락.

동생의 실종.

부모의 죽음.

그리고 제 자신을 잡아먹으러 오는 불길한 존재 등등. 그것 때문에 비사와, 기사, 전설이 담긴 서적을 닥치는 대로 모았다. 또한 가문의 몰락, 부모의 죽음, 동생의 실종. 이 세 가지 이유 때문에 정보를 대가로 받는 낭인까지 했었다. 그렇게 얻은 돈 대신 얻은 정보는 모처에다가 서적으로 분류해 꽁꽁 숨겨뒀다.

그 안에 들어 있다.

색마 진유원.

색마의 아들 진백상.

이 두 이름이 말이다.

하지만 남궁연화에 대한 이야기는 그 정보에 적혀 있지 않았다. 요 근래에도 한 번 정보를 숨겨 놓은 거처에 동생과 간적이 있었다. 이유는 당연히 그가 누님이라 하는 마녀 때문이었다. 대체 어떻게 해서 그런 존재가 되었는지를 알기 위해서였다.

도교, 불교를 막론하고 모은 모든 서적과 정보를 분류한 서적을 동생과 같이 다시 한 번 정독했고, 기억에 담아놨었다.

그래서 알고 있는 것이다.

색마 진유원의 이름과 진백상의 이름을.

그리고 곧바로 깨달았다.

"숨길 수밖에 없었겠군. 천하제일가의 모든 역량이 총동원되어 흔적을 지웠겠고, 정보란 정보는 전부다 통제했을 거야. 퍼져 나가는 순간 씻을 수 없는 오욕을 감당해야 하니까."

그의 눈치는 역시 빠르다.

정상적인 관계로 비천무제와 그의 동생들이 태어난 게 아니라는 것을 파악한 것이다. 색마 진유원.

당시 모든 강호인이 뒤쫓았다.

정도의 역량이 거의 오 할 이상 가동되었다고 해도 과언이 아니다. 그건 곧 그만큼 색마 진유원의 악행이 높았다는 뜻이다.

"그 악행을 듣고 찾아갔겠군."

"그리고 변을 당했고요."

위운혜가 그 말을 받았다.

위석호가 그 말을 되받았다.

"그리고 비천무제가 태어났고."

"진백상은 아들, 아마 도망갔을 거라 판단돼요."

"그렇게 둘이 도피행을 벌였고 두 동생이 더 태어나고."

"남궁세가는 쫓겠지요. 극히 은밀히, 그리고 사력을 다해."

"결국은 찾았을 테고… 끌려왔다?"

둘이 서로 답을 던지며 진실에 무시무시한 속도로 접근했다. 비록 추론이지만 이 상황을 대입하면 그건 정답이다.

이미 무린이 정답을 밝혀 버렸기 때문에 추론이라 할 수가 없었다. 그저 중간 과정을 말하는 것뿐.

"비천무제는 단 몇 년 전만 해도 힘이 없었지."

"그 안에 일을 당했어요. 창천대검이 행차했겠어요."

"죽을 뻔했다고 했지. 반년? 제대로 손을 썼군."

"천리통혜도 그 과정에서 기세에 쏘여 실신했다고 했어요."

"생각보다… 막나갔는데? 왜 그리 과하게 손을 썼지?"

"그건……."

"음……."

위운혜가 생각에 잠겼다.

서로 과정을 추론하는 문답이 멈췄다. 두 사람의 버릇이다. 누님과 관계된 일을 파헤치기 위해 거처에서 새로 둘이 만든. 이때만큼은 위운혜도 거의 열지 않던 말문을 잘도 열었다. 최대한 둘이 힘을 내, 누님에게 도달하는 답을 얻기 위해서였다. 그렇게 만든 새로운 버릇은 진실에 접근하는 좋은 방법이었다.

그리고 이렇게 막혔을 때 피해가는 좋은 방법도 있었다.

"넘어가지. 자, 그 후 비천무제는 살아났고, 힘을 길렀어. 그것도 악착같이. 죽을 고비로 수도 없이 넘기면서."

"듣기로는 북방에서 한 번, 그리고 길림에서 한 번. 이번에

또 한 번. 아니, 그 이전에 창천대검에게 당한 것 까지 총 네 번."

"하, 많이도 당했네. 그 전부가 생사를 넘나들었지. 아마?"

"네, 그리고 이번에… 탈각을 이뤘어요."

씨익.

위석호가 웃었다.

딱 하나만 빼고 전부 나온 까닭이다.

"그래서 이제 되모시러 온 거군. 남궁세가의 대모를. 하지만 그 이전에 자신의 어머니를."

"묶여 있던 은원도 해결할 생각이고요."

"재미있네… 비천무제. 우리만큼은 아니어도 정말 처절하네. 처절해. 범인이었다면 인격이 그 이전에 무너졌을 거야."

"동의… 해요."

위운혜의 말수가 점차 작아졌다.

이제 추론이 끝났으니, 다시 원래의 성격대로 돌아가는 것이다. 그걸 느낀 위석호가 칫, 좀 더 끌걸. 하고 혼잣말을 하듯이 위운혜에게 말했지만, 그녀의 입은 이미 꼭 닫혀 있었다. 위석호의 시선이 다시 무린에게 향했다.

"어쨌든… 한명운 선생이 점찍은 이유가 있었군. 의지가 굳건하다 못해 금강석만큼이나 단단해. 포기하지 않는 불굴의 의지. 이건 비천무제의 의지를 두고 하는 말이겠지. 존경심이 생겨도 이상하지 않을 정도야."

위석호는 웃었다.

비천무제의 진실을 보고.

그리고 그가 '동료(同僚)'라는 사실에 다시 한 번 웃었다. 저런 자가 동료가 되어주면 정말 큰 힘이 될 테니까.

특히 아직 본인은 비천무제의 비천대처럼 무력을 갖춘 대(隊)가 없었다. 모처에서 엄청 훈련을 시키고 있긴 하지만 아직 비천대의 수준에 오르려면 한참이나 남았다.

"명분은 비천무제에게 있군."

씨익.

그 후 다시 조용히 중얼거렸다.

"남궁세가는… 오늘 무너지겠어."

천하제일가의 현판.

그건 오늘까지가… 마지막이라는 판단을 위석호는 내렸다. 그리고 그 생각은 아마 현실이 될 것이라는 판단도 같이.

위석호는 다시 느긋하게 누웠다.

장내는… 아직도 싸늘했다.

*　　　*　　　*

정적은 꽤 길었다.

무린이 던진 폭탄이 상당히 충격적이었는지, 쉽게 헤어 나오질 못하고 있었다. 아니, 쉽게 나올 수 있는 폭탄이 아니었다는 게 오히려 맞는 설명 같았다.

"……."

"……."

무린도 입을 열지 않았다.

반응을 보기 위해서였다.

어떤 반응이 올까.

어떤 개소리가 나올까.

인정할까?

부정할까?

솔직히 말해서 어떤 반응이 나오던 상관은 없었다. 그저 다 밝히고, 자신이 이러는 이유를 말해줄 뿐이었다. 물론 막으면 재미는 없을 거고.

그래서 무린은 기다렸다.

이들이 반응을 보일 때까지.

최초로 나온 반응은, 아주 당연하게… 믿을 수 없다. 바로 이거였다. 당연한 반응이었다. 그들이, 그리고 중원이 아는 한 남궁가의 대모, 남궁연화는 혼인을 하지 않았기 때문이다. 그런데 지금, 그 자식이라 주장하는 자가 나타났다.

근데 그게 또 범상치 않은 사람이었다.

무려… 비천무제.

슬슬 중원을 울리기 시작하는 무제의 칭호를 받은 자.

그 이전에도 비천객이라 불리며 강호의 신성이라 불린 자.

그런 사람이 남궁가 대모의 자식이라 밝힌 것이다.

이건 놀라운 일이었다.

엄청난 일이었다, 진짜.

하지만 그 이전에 먼저 드는 건 당연히 의구심이다. 어떤 의구심이냐면… 왜 아무도 몰랐는가.

바로 그 부분이다.

무려 비천무제다.

먼저 나서서 저 무인이 남궁가 대모의 자식이다. 이렇게 선전했어도 정말 하나도 이상할 게 없었다. 그저 그런, 땅바닥에 굴러다니는 무인이 아니기 때문이다. 전력 상승? 세가의 이름을 급상승시킬 수 있는 절호의 기회였다. 그런데도 남궁세가는 그렇게 하지 않았다.

왜?

"숨겼어……?"

그 이유를 깨달은 것이다.

왜 알려지지 않은 것에 대한 이유.

물론 이는 무린의, 비천무제의 말을 사실로 가정했을 때의 얘기지만, 남궁세가 무인들은 본능적으로 눈치채고 있었다.

아니, 돌아가는 상황이 무린의 말이 결코 거짓이 아니라는 걸 말해주고 있었다.

정말 빌어먹게도 무린의 말은 거짓이 아니었다.

다시 의문은 뻗어나갔다.

숨겼다.

그럼… 왜 숨겼는가에 대한 의문이다.

"아, 이게……."

한 무인이 고개를 절레절레 저었다. 파악하지 못한 것이다. 대체 왜 숨겼는지에 대해서 말이다.

그래서 결국 물었다.

"대주… 이게 무슨 소린지……."

"……."

그는 철검대원이었다.

남궁철성에 가는 질문이었고, 남궁철성은 당연히 대답하지 못했다. 부정? 이게 사실 의미 없는 일이었다. 비천무제를 패퇴시킬 수 있다면 부정할 수 있었다. 하지만 그는 이미 느끼고 있었다.

전대 검왕이 나서지 않겠다고 천명했을 때부터, 이미 비천무제와 남궁세가의 싸움은 끝났다. 해도 가망이 없는 상황으로 몰려 버렸다. 비천무제를 막을 무인이 없었다. 탈각의 무인. 결코 일류가 뭉친 집단으로는 막을 수가 없었다.

그건 탈각의 반을 이뤄낸 그가 가장 잘 알고 있는 사실이었
다.

"정말… 그가 대모님의 자식입니까……?"

갈……!

쩌렁!

내력이 가득 찬 고함이 터졌다.

남궁유성의 고함이었다.

"크, 크억……!"

그 후 그는 피를 한 사발이나 토해냈다. 무린에게 입은 내
상, 그런 상태에 내력을 끌어올렸으니 저렇게 되는 것도 무리
가 아니었다. 그러나 그의 무리는 더욱더 이어졌다.

"누가 대모님의 자식이냐! 저자는 지금 거짓을 말하고 있
다! 모두 속지 마라!"

아주 내력을 가득 실어, 남궁세가 전체에 온통 울릴 정도였
다. 근데 그게 오히려 악수였다고 봐야 했다.

"……."

"……."

내리 깔리는 침묵.

그건 의심이 깃든 침묵이었다.

"대모님의 자식을 사칭하다니……! 얼토당토않다!"

쩌렁!

이번에도 역시 내력이 가득 차 있었다.

남궁유성······.

이자, 상황 판단력이 그다지 좋아 보이지 않았다. 아니면, 무린에게 너무 당해 아예 정신부터 무너져 내려 파악 자체가 안 되던가.

후자에 가까웠다.

남궁유성의 정신은··· 사실 거의 무너졌다.

무린에게 소요진에서 철저하게 당했을 때부터였다. 그 원인은 자괴감이다. 이는 무린에게, 무린의 가족에게 왜 그랬을까에 대한 자괴감이 아니라, 자신에 무(武)에 대한 자괴감 때문이었다.

단 몇 년 만에 자신을 앞질러도 한참이나 앞지른 무린이다. 당시 진무관을 찾았을 때, 그때만 해도 무린은 남궁유성의 발끝에도 못 미쳤다. 알다시피 일, 이류와 절정의 차이는 정말 하늘과 땅이라고 해도 과언이 아니었다.

절대, 결코 몇 년 안에 앞지를 수 있는 격차가 아니었다.

근데 무린은 그걸 따라잡다 못해, 아예 격차를 뒤집어 버렸다. 이게 가능한 일인가? 유구한 강호의 역사를 따져보면 아예 없는 것도 아니었다.

기연(奇緣).

누구나 바라는 인연.

이게 첩첩으로 쌓이면 가능도하다. 하지만 이 기연이라는 놈은… 이 시대에 와서 거의 사라졌다.

현 강호에서 기연으로 명성을 떨친 이 자체가 많지 않았다. 한 성에 정말 한두 사람이나 될까? 아예 없는 성도 있었다. 그만큼 희박한 확률이다.

하지만 그중, 기연으로 절정의 벽을 넘은 이는 정말 단 하나도 없었다. 기연으로 얻은 무위, 절정까지 간 자는 겨우 둘에서 셋.

그게 끝이다.

근데 무린은?

기연을 얻었다 해도 과했다.

무려 절정의 벽을 넘어, 탈각을 이뤘으니까.

이게 남궁유성의 정신을 무너트렸다. 자신의 무(武)에 자괴감을 들게 해버렸다. 그 자괴감은 남궁유성의 평정을 단방에 무너트렸고 정상적인 행동 자체를 방해했다. 그래서 지금 이 상황이었다.

분위기 파악도 못하고.

그러니 동요는 더더욱 못 막고.

오히려 의심만 사고.

바로 이 반응.

이게 바로 무린이 원한 반응이었다.

무혜가 말해주었던, 적을 혼란시키는 방법. 그리고 가족들이 떳떳해지는 방법. 두 가지를 다 잡을 수 있는 방법.

그게 바로 이거였다.

재미있게도 진백상이라는 이름에 주목하는 이는 없었다. 오직 무린이 남궁연화의 자식이라는 점에만 주목됐다.

물론 시기가 지나면 진백상이라는 이름에 주목하는 이가 나올지도 몰랐다. 그리고 그 부모의 이름까지 접근할 것이다.

하지만 그땐…….

이미 끝난다.

무린이 어머니를 모시고 간 뒤일 것이다.

그 이후에는 솔직히 무슨 말이 나와도 아무런 상관이 없었다. 왜? 가족과 함께일 테니까. 그건 모든 것을 무시하는 힘이 있었다. 같이 있다는 자체로 즐겁고 행복할 것이다.

반응은… 이제 다 봤다.

"생각할 시간은 끝났나?"

무린의 말이 떨어지자마자 장내에 감돌던 침묵이 일거에 소거됐다. 그리고 시선이 전부 무린에게 몰렸다.

그 시선에는 의심, 불신, 혹은 이와 비슷한 감정들이 담겨 있었다. 하지만 말했듯이 상관없었다.

어차피 이해를 바란 게, 믿어주길 바란 게 아니었으니 말이다.

"자, 그럼……."

무린은 앞으로 척척 걸어나갔다.

나가는 걸음걸음마다 기세가 담기기 시작했다. 비천무제, 그 자체라 봐도 좋을 기세의 발현이다.

끔찍하다 생각될 정도로 막강한 기파가 슬슬 퍼지기 시작했다. 남궁세가의 모든 무인이… 그 기파에 한 발자국, 두 발자국, 이내 계속해서 뒷걸음질 치기 시작했다.

기백의 무인이, 단 일인에게 밀리는 정말 웃지도 못할 광경이 펼쳐졌다.

그렇게 중앙으로 나선 무린이 이내 창을 들어 올려 한 사람을 지목했다.

"나서라."

이제… 끝을 보자.

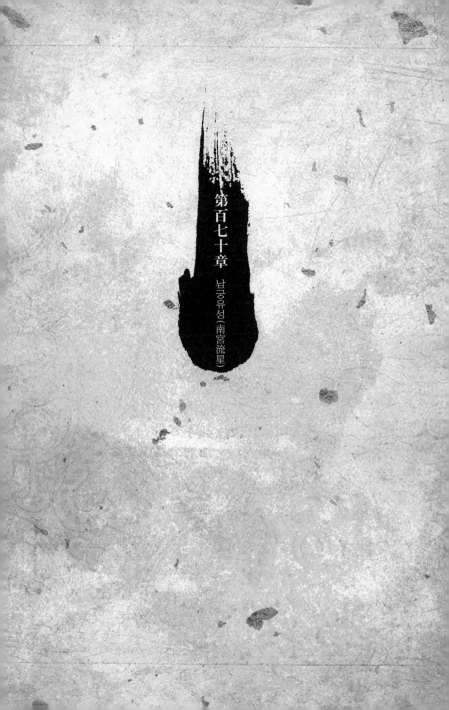

第百七十章　남궁유성（南宮流星）

그 창은 정확히 남궁유성을 향해 있었다.

남궁유성의 얼굴은 흉측하게 일그러졌고, 곧바로 무린에게 몸을 날렸다. 기습이라고 해도 좋을 정도로 갑작스러운 행동이었지만 무린은 침착했다. 겨우 절정의 무인에게… 기습을 당할 무린이 아니었다.

게다가 육체, 정신 또한 이미 최대한 활성화되어 있는 상태였다. 중천 덕분에 말이다.

쩡……!

남궁유성의 검이 맥없이 튕겨나갔다. 가볍게 휘두른 무린의 창 때문이었다. 휘릭! 사악! 그의 몸이 공중에서 돌고, 그 회전에 다시 검이 돌아왔다. 검은 무린의 목젖을 노리고 있었다. 굉장한 속도와 내력이 담긴 일격.

그러나 이 또한 무린에게는 아무런 소용이 없었다. 이미 남궁유성이 회전할 때부터 눈에 전부 담고 있었기 때문이었다.

쩌엉……!

무린은 그걸 손바닥으로 그냥 후려쳤다.

손은 당연히 멀쩡했다. 비천신기의 내력은 결코 무린이 상처입지 않게 만들어주는 절대적인 힘이 있었다.

큭!

붕 하고 신형이 공중으로 떠오르는 남궁유성. 온 전신에 허점이 만들어지기 시작했다. 가장 피하고 싶은 상황이 벌어진 것이다.

이를 악문 남궁유성이 체공 중 몸을 뒤틀었다.

그러나 이 틈을 놓칠 무린이 아니었다.

가볍게 다가가 가볍게 일장을 내질렀다.

텅!

마치 타종 소리에 가까운 충격음.

용케도 남궁유성은 무린의 일장을 막았다. 그러나 무린의 내력을 전부 해소하지 못해 다시 떠있는 상태에서 신형이 뒤로 쭉 밀려 나갔다.

사악.

그렇게 날아가는 남궁유성에게 무린이 다시 따라 붙었다. 텅! 쩡! 쩌정! 계속해서 들어가는 공격. 남궁유성은 급히 손발을 놀려 무린을 공격을 막고 있지만 그 덕분에 그의 몸은 바닥에 떨어지질 않았다.

그게 짜증이 났는지, 남궁유성의 얼굴을 와락 일그러트리게 만들었다. 무린이 원하던 바였다. 저렇게 일그러지는 모습.

펑!

쭉 찔러 들어가는 비천흑룡의 창날.

정확히 복부를 노리고 있었다. 그에 남궁유성의 안색이 확 굳었다. 복부, 그것도 단전을 찔러온다.

무인의 내력을 끝장내겠다는 무린의 의지가 보였다. 그에 남궁유성은 이를 악물었다. 서슬 퍼런 기세. 결코 그냥 위협만 하는 게 아니라는 걸 알기 때문이다.

쩡······!

"큭!"

공기가 터지면서 이번엔 남궁유성의 신형이 바닥으로 그냥 내리꽂혔다. 막긴 막았지만, 비천신기의 내력에 밀려 바닥에 아예 꽂히듯이 떨어졌다.

주륵!

그리고 뒤로 쭉쭉 밀렸다.

무린은 그런 남궁유성을 그냥 놓아줄 생각이 전혀 없었다. 사사삭! 수풀이 움직이는 듯한 소리와 함께 무린의 신형이 번쩍였다.

푹!

어느새 남궁유성의 머리 뒤로 이동한 무린의 창이 그대로 바닥에 꽂혔다. 남궁유성은 그걸 고개만 젖혀 급히 피했다. 피하지 않았으면 그냥 머리부터 뚫려 버렸을 것이다. 반사적인 행동이 목숨을 살렸다.

픽!

그러나 그 이후 무린의 발길질은 피하지 못했다.

밀어 차듯 툭 차버리자 남궁유성의 신형이 뱅글 돌았다. 그냥 가지고 노는 모양새였다. 무린은 이번만큼은 정말 마음을 독하게 먹었다.

무인의 예절?

그런 건 없었다.

철저하게 농락할 작정이었다.

"이놈······!"

다시 신형을 세운 남궁유성이 벼락처럼 달려들었다. 번쩍번쩍거리는 걸 보아 천리호정의 극한 발현이었다. 그러나 무린의 시선은 남궁유성을 정확히 쫓고 있었다.

'좌, 좌, 우, 좌, 우, 정면!'

쇄애액!

쩡!

그가가가가각!

창을 돌려 세워 남궁유성의 검을 막자, 내력과 내력이 만나 자지러지는 소리를 내기 시작했다. 퉁! 그러다 무린의 손목을 슬쩍 털자 남궁유성의 검이 방향을 잃었다. 그러나 역시 남궁유성도 절정의 무인.

흐트러지는 방향을 금세 고치고 역으로 손목만 틀어 안으로 베어 들어왔다. 쉬아악! 새파란 혀가 날름거리고 있었다.

창궁대연신공(蒼穹大衍神功)의 내력이었다. 남궁세가에서도 인정받은 이들만 전수받는 절정의 신공.

천뢰제왕공에는 못 미치나 그래도 세가 내 심법 중에서 수위를 다투는 심법이었다. 특징이라면, 역시 맑은 하늘을 닮은 파란색이 특징이다.

다른 특징은?

유(柳)와 강(强)을 동시에 다룬다는 점이었다.

때론 부드럽게, 때론 강하게.

검식에 맞춰 조절할 수 있다는 것도 큰 장점이었다.

쩡!

그그극!

남궁유성의 검과, 무린의 철창이 다시 한 번 만났다. 지근 거리에서 만난 남궁유성의 꼴은 단 몇 번의 격돌로 말이 아니게 망가졌다. 얼굴은 물론 가지런히 묶어 놓은 머리도 풀려 산발 괴인처럼 휘날리고 있었다.

"놈……."

이글거리는 눈동자에, 입술이 열리며 무린을 부른다. 무린은 그걸 심유하다 해도 될 정도로 차분한 시선으로 받았다.

아무런 감정의 동요가 없었다.

그게 남궁유성을 더욱 화나게 만들었다. 감정의 동요가 없는 건, 현재 자신을 상대하면서도 전혀 힘들지 않다는 뜻이니까.

"죽여주마……."

흘리듯이 나온, 마치 혼잣말 같은 남궁유성의 말에 무린의 입가에 조소가 천천히 만들어졌다.

누가, 누굴?

남궁유성이, 겨우 절정의 무인이, 자신을?

자신의 무(武)가 무적이라 생각하지는 않는 무린이다. 마녀도 있고, 일전에 만났던 흑기사도 있었다.

그때 같이 만났던 자객도 있다. 가까운 곳에 남궁무원도 있었다.

아직은 자신이 최고라고 할 단계는 아니었다. 하지만, 적어도 이런 무인에게 당할 정도의 무력은 아니라고 생각하는 무린이었다.

그건 분명 그도 알 터.

그런데도… 저런다는 건 이성이 거의 날아가고 있다는 뜻이었다. 무린에게 당한 수모를 참기 힘들었을 것이다.

아니, 무린의 무력 자체를 인정할 수가 없었다.

"……."

하지만 무린은 어떤 대답도 해주지 않았다. 그저 날카롭게 세운 눈빛과, 입가에 조소로 응답했다.

그게 남궁유성을 더욱 화나게 만들었다.

그에게 치욕적인 분위기를 선사했다.

"흐아!"

그그그극!

남궁유성이 기합을 내지르면서 검력을 더했다. 그리고 하체를 전진시키며 무린을 밀고 들어왔다.

그러나 무린은 끔쩍도 하지 않았다.

힘과 내력.

그 어느 하나도 남궁유성에게 밀리는 게 없었기 때문이다. 아니, 오히려 두 부분에서 전부 남궁유성을 압도했다.

쩡!

가볍게 창을 툭 들어 올리자 남궁유성이 뒤로 홀쩍 날아갔다. 깃털처럼 말이다. 그건 모두 무린의 힘에 위한 것. 바닥에 다시 안착한 남궁유성의 얼굴은 역시나 일그러져 있었다. 자신의 대원들이 보고 있음에도 남궁유성은 일그러진 얼굴을 펴지 않았다. 그리고 그 동안 억제, 억누르고 있던 살심(殺心)을 풀기 시작했다.

그건 곧 살기(殺氣)가 되었다.

무형으로 그저 기분상이 아닌, 확실하게 타인의 심령에 타격을 줄 수 있을 정도로 유형화되기 시작했다.

진심이란 뜻이었다.

진심으로 무린을 죽이고 싶다는 뜻이었다.

"……."

무린은 그걸 보며 역시 이번에도 희미한 조소를 흘렸다. 잘 됐다. 저쪽에서 먼저 살기를 뿌리기 시작했다. 대결이 아닌, 생사결로 들어가는 순간을 저쪽에서 먼저 만들어줬다. 바라던 바였다.

그것도 매우.

무린의 기세도 변하기 시작했다.

잠시 다시 봉인해 뒀던 기세가 풀리기 시작했다. 비천객의 기세가 아닌 비천무제의 기세였다. 이는 매우 달랐다.

객의 별호에선 절정이었다면, 무제의 칭호에선 탈각의 기세다. 기세는 곧 변하기 시작했다. 무린의 기세도 남궁유성의 살기처럼 유형화된 기운으로 돌변했고, 삽시간에 주변으로 퍼지기 시작했다.

무제 신위.

소요진에서 모두를 놀라게 해 뒷걸음질 치게 만들었던 가공할 기파다.

비범을 넘어 특별한 무린의 기파.

남궁유성의 살기는 순식간에 무린의 기파에 잡아먹혔다.

"나를 죽이고자 기세를 뿜었으니… 이제 됐군. 마음 놓고……."

"……."

꿈틀.

그 말에 남궁유성은 대답을 하지는 못했지만 얼굴이 와락 일그러졌다. 뒷말도 예상해 버렸고, 자신의 실수도 깨달은 것이다.

나를 죽이고자 하는 자에게 베푸는 자비는 역시 사치다. 이 말이 가장 잘 통용되는 곳이 바로 비정강호.

그 자신이 사는 세계였다.

철컥.

무린은 대답 못하는 남궁유성을 보며 비천흑룡을 분리했다. 단봉, 단창을 양손에 하나씩 쥔 무린은 마지막 말을 이었다.

"개처럼 죽여주마."

쉭!

그 말이 끝남과 동시에 무린의 신형이 사라졌다. 남궁유성의 경지로 파악이 불가능한 속도로 이동한 것이다.

무풍형.

중천이 무린에게 건네주었던 일류의 경신법이자 보법은 무린의 비천신기와 만나 절정을 넘어 신세계의 영역으로 들어섰다.

후웅!

뒤늦게 바람이 무린이 서 있던 자리로 불었다. 후폭풍이었다. 지잉. 남궁유성은 등골을 타고 내달리는 소름에 즉각 옆으로 몸을 날렸다.

쾅!

그 순간 지면이 터져 나갔다.

무린이 발을 들어 그대로 내려찍은 것이다. 먼지가 일어났고, 떠오르던 먼지의 한 면이 마치 갈려나가는 것처럼 흩어졌다.

사악!

단창으로 먼지 폭풍을 갈라낸 공간에서 무린의 모습이 불쑥 빠져나왔다. 그리고 다 나왔다 싶은 순간 다시 사라졌다.

픽!

"컥⋯⋯."

어느새 남궁유성에게 달라붙은 무린이 단봉으로 남궁유성의 어깨를 후려쳤다. 초식이 아니었다. 단순하게 내려치기. 봉을 들어 올려 수직으로 내려치는 아주 간단한 동작이지만 무린이 선보이면 단순하지 않은 법이다. 게다가 절정무인의 시각을 빠져나가는 무시무시한 속도가 가미되자 지독할 정도로 공격적, 파괴적이 되었다.

으적!

뼈가 박살 나는 소리였다.

비천신기가 가미된 단봉에 맞았으니 뼈가 멀쩡할 리가 없었다. 뼈뿐만이 아닌 근육도 아마 작살났을 것이다.

끊어졌거나, 아니면 찢어졌거나.

전자면 최악이고, 후자면 그나마 다행이다.

찢어진 근육은 그나마 힘을 쓸 수 있을 테니까.

그러나⋯⋯.

픽!

비틀거리며 급히 천리호정의 신법으로 물러나는 남궁유성을 무린은 따라잡아 다시 한 번 가격했다.

동시에 발을 들어 가슴을 툭 밀어 찼다.

텅⋯⋯!

내력이 실린 동작이었고, 어깨가 축 처진 남궁유성도 그걸 알기에 급히 검에 내력을 담아 막았지만 비천신기의 힘에 밀린 남궁유성의 신형은 뒤로 쭉 날아갔다. 퍽! 퍼벅! 대결을 지켜보던 세가의 무인에게 부딪쳤다. 우르르 무너졌고, 그 사이로 무린이 다시 뛰어들었다. 단창을 들어 그대로 남궁유성의 배를 찔러 들어갔다.

푹!

비천의 창날이 바닥에 박혔다. 용케도 몸을 굴려 무린의 공격을 피한 남궁유성이 사력을 다해 일어나며 검을 휘둘렀다.

폭.

그 순간 무린은 이미 다시 창을 뽑았고, 몸을 회전시키고 있었다. 쩡! 북 터지는 소리가 났고, 그 소리는 주변으로 동심원을 그리며 퍼져 나갔다.

내력끼리의 충돌로 인해 생긴 소음이기에 거의 공명하듯 웅웅 울렸다. 가장 근접해 있던 남궁세가의 무인들은 급히 귀를 막거나, 내력을 돌려 청각을 차단했다. 그만큼 울림이 강했다.

"크악!"

발악이라도 하는 건지, 거의 괴성에 가까운 기합을 넣으며 다시 무린에게 달려드는 남궁유성. 쿵! 진각을 밟으면서 무린의 얼굴로 검을 쭉 찔러들어 왔다. 그 속도는 가히 섬전에 비교할 만했다.

섬전십삼검뢰(閃電十三劍雷)의 후반 육 초식 중 하나였다. 그러니 감히 웬만해서는 막을 수도 없어야 정상이지만, 쩡. 작은 소리와 함께 무린이 검날을 툭 치자 그대로 궤도가 틀어졌다. 사악.

남궁유성의 검은 무린의 머리카락을 베었고, 지나가면서 점점 남궁유성은 무린에게 가까워졌다.

쿵!

진각과 함께 나가는 손바닥.

퍽!

그 손바닥은 정확히 남궁유성의 턱에 가서 꽂혔다. 의식을 끊어버리기 가장 좋은 급소가 바로 턱이다.

그래서 남궁유성의 시야는 순식간에 하얗게 명멸하기 시작했다. 제아무리 절정의 무인이라도 이렇게 급작스럽게 턱에 일격을 허용하면 뇌의 진동으로 인한 의식 단절을 피하기는 어려운 법이었다.

그러나 기절하게 내버려 둘 무린이 아니었다.

짝!

경쾌한 소리였다. 그러나 맞은 사람 입장에서는 극히 불쾌한 소리였다. 소리와 함께 남궁유성의 얼굴이 휙 돌아갔다. 동시에 의식이 따끔한 고통에 곧바로 제자리로 달려가 앉았다. 따귀였다.

남궁유성의 얼굴이 악귀처럼 일그러졌다.

빰따귀.

남궁유성은 태어나서 정말 단 한 번도 맞아본 적이 없었다. 심지어 돌아가신 그의 부모에게도 맞아본 적이 없는 남궁유성이었다. 기분 나쁜 정도를 떠나 지독히 불쾌한 감정이 그의 뇌리를 장악하기 시작했다.

그 불쾌한 감정이 분노로 승화되는 것은 순식간이었고, 그 분노가 이글이글 타오르는 것도 순식간이었다.

고혼일검(孤魂一劍)의 검로를 따라 남궁유성의 검이 무린의 목젖을 정확히 노리고 들어왔다. 고혼일검은 분명 극한의 쾌검이었지만.

쩡!

그그극!

무린은 그걸 손으로 잡아버렸다.

신기에 가까웠다.

내력이 가득 실린 검을 손으로 접듯이 잡다니.

그걸 지켜본 모두의 눈빛이 놀람으로 가득 찼다.

"……."

"……."

파삭!

잠시 침묵 뒤 남궁유성의 검이 파삭 깨졌다. 유리처럼 금이 가더니, 이내 돌 조각처럼 부서져 내렸다.

　이후 무린은 다시 움직였다. 손에 잡고 있는 검 조각을 그대로 남궁유성의 멀쩡한 어깨에 박아 넣었다.

　푹!

　"큭……."

　쉭!

　신음과 함께 남궁유성의 손이 다시 움직였다. 이미 양어깨의 근육이 만신창이가 됐음에도 포기하지 않는 남궁유성. 일견 불굴의 투지로 보이나, 실제는 현실에 굴복하지 못하는 고집밖에 되질 못했다.

　슥!

　검 조각을 놓고 고개를 젖혀 피한 뒤, 무린은 단봉을 찔러 넣었다.

　쿵!

　진각과 함께 단봉이 남궁유서의 복부에 그대로 꽂혔다.

　쩡……!

　막긴 막았다.

　그러나 피분수를 뿜어내며 남궁유성은 뒤로 쭉 날아갔다. 애초에 내력 차이가 너무 심했다. 그래서 막아도 막은 게 아니게 되어버렸다. 무린에게는 절정의 내력 방어도 뚫을 능력이 너무나 충분했고, 남궁유성에게는 자신과는 급이 다른 무인의 공격을 막을 수단이 전무했다.

이 차이는 매우 컸고, 남궁유성을 그대로 썩은 짚단처럼 쓰러지게 만드는 데 지대한 공을 세웠다.

풀썩 하고 쓰러진 남궁유성.

"크악!"

그러나 곧 괴성과 함께 일어날 수밖에 없었다. 푹 소리가 나도록 무린이 창날을 쓰러진 그의 허벅지에 꽂아 넣었기 때문이다.

크으으……!

이후 억눌린 신음을 흘리는 남궁유성.

무린은 그런 남궁유성의 허벅지에서 창을 뽑아내고, 발로 옆구리를 걷어찼다. 퍽! 소리와 함께 쭉 밀려 나간 남궁유성은 꿈틀거렸다. 마치 지렁이처럼.

격차가 너무 커서 결국 좁히지 못했다.

좁히도록 무린이 허락하지 않았다.

휘이잉!

장내에 싸늘한 침묵이 감돌았다.

모두가 질린 얼굴로 무린을 바라봤다.

무인의 대결이 아닌, 마치 전장의 전투처럼 상대를 아예 박살 내버리는 무린. 질리지 않을 수가 없었다.

그러나 아직 끝나지 않았다.

무린은 결코 남궁유성의 목숨을 가볍게 끊어줄 생각이 없었다.

저벅저벅.

모두의 시선을 한 몸에 받으며 다시 남궁유성에게 걸어간 무린이 그의 멱살을 잡고 끌어올렸다.

솜털처럼 끌려 올라가는 남궁유성.

무린은 그런 남궁유성의 귀에 대고 속삭였다.

"어때, 개처럼 기는 기분이……?"

크윽…….

고통, 치욕에 일그러지는 남궁유성의 얼굴을 본 무린의 얼굴엔… 다시 서서히 조소가 자리 잡기 시작했다.

"쉽게 죽을 생각은 말아라. 너는……."

무린은 그의 귀에 대고 다시 한 번 선언했다.

휙!

무린은 남궁유성을 다시 중앙으로 던져 놓고, 다시 천천히 그에게 걸음을 옮기기 시작했다. 일 차전이 무력화라면, 이 차전은… 유희가 될 것이다.

그저 분풀이.

그걸 느꼈나?

걸어가는 무린을 향해 창천대가 몸을 날리기 시작했다. 더 이상 지켜볼 수 없던 것이다. 무린은 걸음을 멈추고, 신형을 돌려 세웠다.

으적!

가장 첫 번째로 달려들던 창천대원의 흉부가 박살 나면서 이 차전이 시작됐다.

第百七十一章

관전자(觀戰自) 二

귀환병사

"대단하네."

짙은 녹의(綠衣)장포를 걸친 여인이 양 떼 속을 휘젓는 무린을 보며 내린 감상평이었다. 그 어떤 미사여구(美辭麗句)를 붙이지 않은 지극히 솔직한 감상평. 이번 정마대전으로 비접(飛蝶)이라는 별호를 얻은 이 여인이 바로 당청이었다.

당가의 숨은 저력이라 불렸던 여인. 그리고 그럴 실력이 충분하다 못해 넘치던 무력을 선보였던 여인.

그녀는 당가의 정예를 이끌고 북방으로 향하던 중, 소문을 들었다. 비천무제와 남궁세가의 한판 대결.

비천무제의 칭호를 받은 무린의 무력을 의구심 반, 호기심 반으로 생각했던 그녀였다. 그래서 무례이다 못해 나중에 분명 한소리 들을 게 분명한데도 몰래 남궁세가의 담을 넘었다. 그럴 수밖에 없었다.

무려 혼자서 마도가를 궤멸시킨 무인이니까.

남궁세가가 배포한 소문은 그녀도 들었다. 하지만 그녀는 그걸 믿지 않았고, 다시 알아본 결과 확실히 비천대와 비천무제의 공이 컸다고 했다.

그리고 비천무제의 무력은 제대로 알려지지도 않았었다. 사실 당가의 정예는 남궁세가를 들릴 요량으로 벌써 며칠 전에 안휘성에 들어와 있었다. 하지만 소문 때문에 남궁세가를 만나는 걸 미뤘고, 남궁세가 대신 비천무제를 만나보려고 했다. 물론, 조용히. 하지만 그녀는 그럴 수 없었다.

기세를 감춘다고 감췄는데도 비천무제에게 즉각 걸렸기 때문이다. 그것도 무려 수많은 인파 속에서.

정확히 자신을 찾아내는 걸 보고 그녀는 무제의 무력이 상상 이상이라는 것을 깨달았다. 직후 비천대에 대한 소문이 다시 흘렀고, 정확히 정황을 파악한 그녀였다. 덕분에 북방행이 미뤄졌다.

도저히 그냥 갈 수 없었다.

그래서 지금 이곳에 있었다.

같이 온 당정호가 무린의 예술적임 움직임에서 눈을 떼지 못하고 말했다.

"실전무예의 끝을 보는 것 같습니다."

"동감이야. 정말 비효율적인 움직임이 하나도 없어. 모든 동작이 공격을 위해 이뤄지고 있고. 초식은 없는데, 그걸 감당하고도 남을 실전무예와 내력이 있어."

"그걸로 저런 움직임이 가능하겠습니까?"

당정호는 도저히 이해할 수가 없었다.

그리고 두 눈으로 보면서도 인정할 수가 없었다. 너무나 단순한 행동들이었다. 이번에는 움직임 자체가 전부 보였다. 그런데도… 아무도 막지 못하고 있었다. 찔러 넣으면 찔러 넣는 대로. 후려치면 후려치는 대로.

한 동작에 하나씩.

반드시 쓰러지고 있었다.

"이렇게인가?"

당청이 무린의 동작을 따라왔다.

어깨가 살짝 비틀리며 가볍게 앞으로 뻗어지는 일 수. 무린의 동작을 따라하는 행동이었다. 당청은 비슷하지만 다르다는 걸 즉각 느꼈다.

느낌이란 게 있다.

당청 정도의 고수면 단순히 직접 해보는 걸로 옳고 그름에 대한 판단이 즉각 나오게 마련이다.

그 판단이 이게 아니라고 아우성치고 있었다.

"이렇게?"

다시 한 번 손을 접었다가 찔러 넣었다.

슉, 하고 공간을 가르고 들어가는 일수.

그러나 당청은 다시 고개를 저었다.

"뭔가 특별한 게 들어간 건가? 느낌이 전혀 달라. 어떻게 저런 움직임이 가능한 거지? 같은 동작인데도 완전히 달라."

당청은 다시 여전히 남궁세가의 무인들을 박살 내고 있는 무린에게 시선을 집중했다. 그저 뻗는다.

단순하게 설명하자면 그게 전부였다. 정말 그게 끝. 그런데 비천무제의 행동은 그렇게 단순하게 받아들일 수가 없었다.

"저희의 경지로는 해석 불가이든가, 아니면 정말 특별한 무언가를 익혔든가. 둘 중 하나가 아니겠습니까?"

당정호도 역시 두 눈은 무린의 모든 행동에 집중하고 있었다. 그러면서 입만 열어 당청의 말에 대답했다. 당청은 고개를 끄덕였다. 일리가 있는 말이었다. 경지가 다르다는 부분. 특히 이 부분이 말이다.

어?

당청의 눈이 커졌다.

휘리릭 도는 무린의 신형. 정점으로 올라선 발. 그대로 회전이 멈추면서 발을 고속으로 내려찍었다.

맞으면 즉사다.

막아도 막는 곳의 뼈가 다 박살 날 것이다. 그런데 재밌는 건 그 공격이 당청의 육안으로 너무 파악이 잘됐다.

마치 일부로 피하라 봐주는 것처럼.

쾅!

바닥이 터지면서 흙이 비산했다.

처음으로 무린의 공격을 피한 무인이 나왔다. 하지만 운이 좋아 피했다. 놀랐는지 뒤로 주저앉았고, 그 때문에 무린의 공격을 피한 것이다.

자신의 의도와는 상관없이.

퍽!

꽈직!

주저앉았던 무인의 턱이 돌아가고, 그대로 썩은 짚단처럼 쓰러졌다. 어느새 흙을 뚫고 나온 무린의 발이 그대로 턱을 후려친 것이다. 발등에 걸렸기 때문에 뼈가 박살 나는 소리가 너무나 적나라했다.

범인이라면 눈을 질끈 감았을 것이다.

그만큼 소름끼치는 소리였다.

"이번엔 안 보이네. 바꿨나?"

당청의 입에서 허탈한 목소리가 흘러나왔다. 전투 방식을 바꿨는지, 좀 전 흙먼지를 뚫고 나와 주저앉은 무인을 걷어차는 무린의 신형을 당청은 놓쳐 버렸다. 뭔가 번쩍하는 것밖에 못 봤다. 소리가 나고 나서야 아, 공격이 이루어졌구나, 하고 깨달을 뿐이었다.

그래서 허탈했다.

절정을 넘어, 그 뒤를 노리고 있는 당청이라 더 허탈했다.

"당정호."

"네."

"얼마나 버틸 수 있겠어?"

"……"

당청의 질문에 당정호는 침묵했다.

둘의 경지는 비슷했다.

이것저것 전부 따지면 당청이 반수에서 한 수 정도 위긴 하지만 그렇게 크게 차이가 나는 정도는 아니다. 둘이 대련을 하면 당청이 항상 승기를 잡지만 그래도 열 번에 한두 번은 당정호가 승기를 잡을 때도 있었다.

그런데 그런 당정호가 고개를 저었다.

"십 합도 자신 없습니다."

"……"

그 대답에 반대로 이번엔 당청이 침묵했다.

그가 십 합도 자신 없다고 한 게 충격이기도 했지만, 솔직히 자신도 당정호와 다르지 않다는 걸 알고 있었기 때문이다.

절정의 무인이.

십 합도 자신이 없다라…….

누가 들으면 예끼, 이 친구! 농도 심하네! 이러고 웃을 것이다. 그러나 실제다. 당정호의 말은 결코 거짓이 없었고, 확률로 따져도 그렇게 될 가능성이 너무 높았다.

쾅!

다시금 바닥에 터지고, 먼지가 비산했다.

둘의 시야 속에 있는 무린의 움직임은 점점 더 빠르고, 거칠어져 갔다. 그에 비례해 남궁세가의 움직임도 엄청 거칠어졌다.

철검대는 움직이지 않고 있었다.

남궁철성이 어떤 명령도 내리지 않았기 때문이다. 그러니 움직이지 않고, 창천대가 박살 나는 걸 두 눈에 담고 있었다.

으득!

이를 악문 채 말이다.

"철검대가 움직이면… 비천무제를 막을 수 있을까?"

"음……."

당청의 질문에 잠시 고민하는 당정호.

남궁세가의 철검대 하나면 웬만한 중소문파는 하룻밤에

잿더미로 만들고도 남을 것이다. 철검대, 창천대, 창궁대. 모두 그만한 저력이 충분하다 못해 넘치는 검대였다. 절정의 무인이라 해도 철검대라면 잡아두는 것도, 포획도, 사살도 가능할 것이다. 물론 이는 상황이 잘 따라줘야만 하겠지만 불가능은 아니다.

그런데 당정호는 고민하고 있었다. 답은 금세 나왔다.

고개를 젓는 당정호.

"힘들 겁니다. 저희들 같은 절정무인이라면 몰라도⋯⋯."

비천무제는 불가능합니다.

뒷말은 듣지 않았지만 당청은 듣지 않아도 알 수 있었다. 들려온 것 같았다. 피식. 그래서 웃음이 나왔다.

역시 허탈한 웃음이었다.

신세 한탄 같은 웃음이었다.

"비동에 틀어박혀 있었던 십 년이 아깝네."

그 말은 그녀 자신이 살아온 길을 부정하는 대사였다. 세인들에게도 잘 알려진 당가의 특별한 풍습이 하나 있다.

새로운 가주가 취임할 때마다, 그런 가주의 숨은 힘을 되어줄 자를 찾기 위해 현 세가에서 가장 자질이 뛰어난 이를 전폭적인 지원과 함께 비동에 가둔다.

그게 십 년이다.

밖에서 열어주기 전에는 절대로 못 나간다. 정신이 무너질 수도 있는 십 년이다. 하지만 이미 선출 당시, 그저 그런 정신력을 가지고 있으면 대상에서 제외된다.

이번 가주가 취임하고 선택된 게 바로 당청이었다.

어려서부터 온갖 칭찬을 독식했던 아이.

가주보다 더 뛰어났던 아이.

딱 한 가지 부족한 게 있다면…….

바로 여아라는 점.

가주의 위를 물려받을 수 없는 성별이었다는 게 단 하나의 흠이었다. 그렇게 당청은 만장일치로 비동에 들어갔고, 나왔을 때는 벽과 마주한 상태에서 나왔다. 넘지는 못했지만, 어마어마한 경지를 이룩하고 나왔기에 모두가 만족했다. 그렇게 당청은 현 당가주의 숨은 저력이 되었다. 그런 그녀가 그 십 년이 아깝다고 하는 것이다. 자신이 살아온 세월을 부정하는 대사나 마찬가지였다.

무린의 무력은, 한 여인의 살아온 길마저 부정하게 만들고 있었다.

"……."

그래서 당정호는 침묵했다.

자신이 어떤 위로의 말도 위로를 해줄 수 없다는 것을 알고 있기 때문이었다. 십 년. 말이 십 년이지 공기만 통하는 비동에서의 십 년은 자신도 견딜 자신이 없었다. 폐쇄된 공간. 온통 암벽에 어둠.

오직 식수와 벽곡단만이 주어지고, 그걸로 생명을 연장한
다. 먹는 시간, 자는 시간을 빼면 거의 모든 시각을 무(武)의
증진에 투자한다.

그렇게 해서 현재의 경지를 이룬 당청이다. 그녀도 알고 있
었다. 비천무제의 내력을. 북방에서 돌아왔을 때는 그저 창
잘 쓰는 병사에 지나지 않았다. 당시에는 내공도 아예 없었다
고 했다. 그런데 지금은?

무려 무제의 칭호를 얻었다.

단 오 년도 안 되는 시간에.

기가 차다 못해 시기하는 것조차 포기하게 만드는 말도 안
되는 속도였다. 그게 당청 정도의 무인조차 억울하게 만들고
있었다.

"슬슬 끝나가나?"

꽈직!

쩽!

북치고 장구 치는, 마치 악기 소리처럼 들렸다. 여전히 무
린의 움직임은 간단하기만 했다. 창천검대원들의 삼분지 이
이상이 바닥에 쓰러진 지금은 더욱더 간결했다. 그리고 공간
이 널찍하게 생기니 더욱 비쾌했다.

무린의 모든 동작을 설명하자면 단 두 가지로 설명이 가능

했다.

빠르고.

간결하다.

이 두 가지가 전부였다.

"힘을 모두 내보이지도 않고 창천대를 전멸시켰어."

"그것도 누구하나 죽이지 않았습니다."

"믿겨져? 이게?"

"믿고 자시고 할 게 아닙니다……."

"그래, 그렇지. 바로 내 눈앞에서 벌어진 일이니까. 얘기를 듣는 게 아닌… 내 눈으로 직접 목도한 일이니까. 현실 부정은 추악하지. 후후."

"……"

인정해야 할 건 인정해야 하는 법이다.

그래야 앞으로 나갈 수 있으니까.

당정호가 불쑥 말한다.

"잘 생각해 보니 좀 전 무제의 움직임 있잖습니까?"

"응? 어떤?"

"저희가 보이게 움직였던."

"아아, 그게 왜?"

"그거 일부러 그런 게 아닐까요?"

"일부러……?"

"네."

그 대답에 당청의 고운 아미가 살짝 찌푸려졌다. 말의 의미를 파악하지 못해서였다. 당정호가 시선을 여전히 무린에게 고정시킨 채 다시 말했다.

"마치… 공부? 네, 공부 같았습니다. 강연이라고 해야 하나? '몸은 이렇게 쓰는 거다' 하고……."

"공부? 일부로 움직임이 보이게 만들어줬다? 왜 무엇을 위해서?"

"저희는 아닐 겁니다. 있다면……."

"비천대?"

"네. 그렇게 생각됩니다."

"……."

하…….

허탈한 탄식이 당청의 입에서 흘러나왔다. 그래, 일면식도 없는 자신들을 위해 비천무제가 뭔가 보여줬을 리가 없었다. 있다면 바로 지척에서 무린의 움직임을 보고 있는 비천대일 것이다.

당청이 허탈한 탄식을 뱉은 것은 그 여유 때문이었다.

강하다면, 많이 알고 있다면 그걸 누군가에게 베푸는 건 사실 그리 어렵지 않았다. 사제지간을 맺어도 되고, 돈을 받고 가르쳐도 된다.

학관, 무관 등은 그런 이유로 생겨난다.

하지만 그런 곳은 가르칠 '여유'가 이미 조성되어 있다. 배우는 사람도, 가르칠 사람도 그 어떤 위협 없이 자신이 아는 걸 여유 있게 풀어놓을 수 있는 환경이 된다는 소리다. 그런데 지금은?

그럴 여유가 있나?

그럴 환경이 맞나?

이 질문에 대한 대답은 당청이 고개를 도리도리 젓는 걸로 대신했다. 결단코 그런 여유가 있어서는 안 되는 공간이다.

잠시의 빈틈, 방심에 생과 사가 왔다 갔다 하는 공간이다.

이런 현실이 여유를 빼앗아야 정상인 것이다.

그런데 그런 이곳에서 지금 비천대의 안목을 넓혀주기 위해, 혹은 그냥 가르치기 위해 굳이 어렵게 간다?

창천대다.

무려 창천대.

당가의 그 어떤 정예도 창천대를 상대해 이길 수 있다고 확신할 수가 없었다. 그녀 본인도 마찬가지였다. 창천대 정도면 정말 유리한 지형지물과 기후를 고려하고, 독도 만반의 준비를 갖춰야 상대가 가능할 것이다.

그런데 무린은?

마치 산책이라도 나온 것 같은 행동으로 창천대를 무력화시키고 있었다. 그것도 단 하나도 죽이지 않고.

강호의 변치 않는 정설이 하나 있다.

죽여서 제압하는 것보다.

죽이지 않고 제압하는 게 더 힘들다고.

이는 비슷한 경지일수록 점점 불가능 수치가 올라간다. 그런데 무려 창천대를 죽이지도 않고 제압한다는 사실은… 정말 그의 격(格)이 완전히 다르다는 걸 강제로 인정시키게 만들고 있었다.

'진정… 대단한 사내야.'

당청은 '대단한'이라는 단어 말고 다른 단어를 선택하려고 했지만 이내 참았다. 안 그러면… 빠져들 것만 같았기 때문이다.

이 정도 무력(武力). 이 정도 여유. 이 정도 뚝심.

대체 누가 그녀 앞에서 다시 보여줄 수 있을까?

있다면……

'저기 저 사람들. 저 사람들이 끝이겠지. 하지만 인연이 없으니 다시는 못 볼 테고.'

관전자들은 당청 본인 말고도 많았다.

꼿꼿한 모습으로 바람을 맞으며 서서 장내를 바라보는 여인.

지붕에 걸터앉아 편하게 관전하는 사내 둘.

그리고 마찬가지로 편하게 앉아 관전하고 있는 특이한 머리색의 일남 일녀.

네 명의 젊은 무인도 있지만 그들의 경지는 자신과 큰 차이가 없어 보였다. 무제에 대항할 무력을 보여줄 이들은 지금 당청의 시선이 갔다가 온 사람들이 전부였다.

피식.

헛웃음.

새로운 경지에 든 이들을 보니 그렇게 열심히 보냈던 십 년이 아까워진 당청. 지금까지 그런 생각을 한 적은 단 한 번도 없었다.

"끝났습니다."

"보고 있어."

그걸 무린 때문에 처음으로 생각하게 됐다. 그리고 한동안 자신을 따라다니면서 괴롭힐 것 같았다.

이걸 감사해야 하는지, 원망해야 하는지.

"후우……."

그녀의 한숨을 끝으로, 창천대의 마지막 무인이 바닥에 쓰러졌다. 쿵 하고 울리는 소리. 담이 작다면 움찔했을 소리였다.

창천대의 마지막 무인이 쓰러졌지만 무린은 아직 끝나지 않았는지 다시 앞으로 나서기 시작했다.

철검대.

그리고 남궁철성을 향해서였다.

당청은 그걸 보며 이번엔 어떨까? 하는 생각을 하게 됐다. 세인에 알려진 것보다 남궁철성의 무위가 높다는 건 보는 즉시 파악했다. 보통 무인들은 자신과 비슷한, 혹은 하위의 경지라면 보는 즉시 알아낸다.

그건 일종의 육감이다.

수련과 실전으로 날카롭게 피어난.

당청도 당연히 가지고 있었다.

그런 당청의 감에 남궁철성의 경지는 굉장히 묘하게 보였다. 언뜻 보면 비슷한 것 같지만 결코 아니라고 소리치고 있었다. 그 육감의 외침에 당청은 알 수 있었다. 그는 자신보다 경지가 높다.

절정에서 더 이상 나갈 길이 없는 자신이다.

그런 자신이 파악하지 못한다면 답은 하나다.

절정 그 이상.

하지만 무린처럼 완전히 파악이 안 되는 건 아니었다.

애매하지만 분명 절정의 느낌도 있고, 애매하지만 그 이상의 느낌도 있고. 당청은 이것도 빠르게 깨달았다.

"반쪽짜리."

"네?"

"천하대협 말이야. 아무래도 절정을 넘어선 것 같아. 내게 확실히 안 보이는 걸 보니."

"아, 정말입니까? 저도 파악이 안 돼서 이상하게 생각하고 있긴 했었습니다."

"남궁유성은 아주 잘 보였지. 그런데 천하대협만 안 보인다는 건 말이 안 되지. 탈각을 이뤄내긴 했어. 다만 비천무제처럼 완전히 이뤄내진 못한 것 같네."

"음… 근데 그것만 되도 대단한 것 아닙니까?"

"그렇지. 대단하지. 엄청 대단한 거지."

당청은 고개를 끄덕였다.

대단한 일이 맞다.

모래 알갱이에 비견되는 강호의 수많은 무인 중, 비천무제는커녕 남궁철성의 경지에 든 이들이 몇이나 될 것 같은가. 수를 셀 수가 없을 것이다. 이건 많아서 못 세는 게 아니다. 없어서, 못 찾아서 셀 수가 없는 것이다.

그러니 남궁철성의 경지는 분명히 대단했다.

"상대하겠습니까?"

"미쳤어? 나라면 절대 피해."

"하긴, 아가씨는 승산이 없으면 절대 안 움직이시는 부류시죠. 하하."

"군이 힘 뺄 필요가 없잖아? 아니, 괜히 대들었다가 영원히 힘을 못 빼는 경우가 생길지도 모르고."

한 방 맞으면 즉사다.

절정끼리의 싸움도 그런데, 자신보다 강하면? 피하는 게 상책이다. 그것이 그녀의 뇌에 자리 잡은 유일한 답이다.

승산 있는 싸움. 혹은 반드시 이기는 싸움.

"하지만 천하대협은 궁지에 몰렸습니다."

"그래, 몰렸지. 아마 싸우긴 싸워야 할 거야. 천하대협의 이름으로 해결할 수 있는 상황이 절대 아니니까. 하지만 나라면 절대 안 싸워. 남궁유성이 박살 난 이상 천하대협이 세가내 무력의 주축이야. 반드시 보존해야 할 걸? 아니면 천하제일가의 명성은 오늘로 끝을 찍을 거야."

"하하, 그런데 묘하게 기분 좋아 보이십니다?"

"집권이 너무 길었지."

당청의 입에서 숨은 이유가 나왔다.

"가주님이 이 소식을 들으시면 아마 대소를 터트리실 겁니다."

"그렇겠지. 근데 그건 다른 세가주들도 마찬가지가 아닐까 싶은데?"

"하하하."

유쾌한 웃음이었다.

이들에게는 이 일은 이제 결코 그냥 넘어갈 수 있는 일이 아니게 되었다. 이유인즉슨, 향후 그들이 천하제일가를 논할 수 있게 됐기 때문이다.

천하제일.

내 위에 그 누구도 설 수 없게 만든다는 사실은 엄청난 흥분을 준다. 세가를 왜 키우나. 왜 번영시키나.

안락한 삶?

그건 지금도 웬만한 세가라면 전부 가능하다. 그럼에도 세를 키우는 이유는 딱 둘이다.

당금 정마대전처럼 만에 하나를 대비하기 위해.

그리고 천하제일이란 현판.

그게 목표인 것이다.

특히 오대세가 중 남은 사가(四家)의 경우는 그에 거의 근접해 있다. 남궁세가의 위세가 너무 커서 그렇지, 남궁세가만 무너지면 언제든 그 자리를 꿰찰 능력이 있었다. 당가도 당연히 그중 하나였다.

당청과 당정호. 그리고 황보가의 인물들에게 이는 새로운 풍운이었다. 물론, 마녀의 일만 없다면 말이다.

그러니 이 일, 주시할 필요가 있었다. 끝을 보고, 가문에 보고할 필요가 있었다.

"아……."

"피하는군. 천하대협, 역시 현명해."

두 사람의 눈에, 길을 트는 남궁철성의 모습이 보였다. 욱했지만, 남궁철성의 물러서! 하는 고함에 길을 여는 철검대도 보였다.

"오욕을 뒤집어쓴 판단. 스스로 구정물로 들어가는 용기. 사실 이게 가장 필요했던 건데… 확실히 명성이 헛된 게 아냐. 그릇이 넓어. 아, 그러니 반쪽이라도 탈각을 이룬 거겠지."

"확실히 그렇습니다. 저라면… 아마 못 피했을 겁니다."

"당연하지. 눈앞에서 피를 나눈 이들이 개박살이 났는데 길을 튼다는 게 말이 돼? 죽어도 저 자리서 죽겠다며. 죽을 줄 알면서도 불에 달려드는 불나방이 됐겠지."

당청의 말이 맞았다.

생각해 보라.

눈앞에서 가문의 무인이 박살이 났다.

그것도 그냥 일면식도 없던 놈들이 아니라, 하루에 몇 번이고 보는 남궁유성이 박살 났고, 툭하면 만나서 대련하는 창천대원들이 모조리 쓰러졌다. 피가 끓는다? 그걸 넘어 지독한 분노가 이성을 마비시키고도 남을 일이다.

그런데도 남궁철성을 그걸 참아내고 길을 텄다.

이 판단은 오직 하나 때문일 것이다.

전력 보전.

이 일이 끝나고 외세의 침략을 막을 전력을 보존하기 위해 참아낸 것이다. 치욕의 구정물로 스스로 뛰어들면서까지.

범인이라면… 아니, 웬만한 그릇을 지녔다 하더라도 이 결정은 쉽지 않았을 것이다.

"자, 그럼 이제… 가주 하나 남았나?"

"장로전도 있습니다."

"그렇지만… 뭐, 장로전의 장로들로 비천무제를 막을 수 있겠다는 생각은 안 드는걸."

"누가 와도… 전대 검왕 어르신이 아니면 힘들 겁니다."

"그분이라면 확실히… 어쩌면 탈각을 이루셨을지도 모르고."

전대 검왕의 정보는 확실히 차단되어 있었다. 아니, 그가 검을 꺾겠다고 선언한 후 들려온 게 정말 하나도 없었다. 그래서 그의 경지도 알 수가 없었다. 소요진에 잠시 모습을 드러냈다고 했지만 거기서 그가 보여준 것도 없었다.

하지만 둘은 전대 검왕 남궁무원이라면 무린을 막을 수도 있지 않을까 생각했다. 물론, 둘의 관계를 몰라서 한 말이었다. 그가 검을 꺾은 이유가 무린과 관련된 이유라는 것도 모르고 있었다.

"슬슬 우리도 이동하지."

"네."

어느새 다른 관전자들도 전부 무린을 따라갈 채비를 하고 있었다. 이 싸움. 슬슬 물러나야 하지만 이들은 결코 그럴 생각이 없었다. 누가 원하는 절 이루어낼지, 그걸 꼭 보고 싶었다. 당청에게 무린의 가정사는 사실… 큰 감흥이 없는 일이었다. 단지 이 싸움. 이 싸움의 결과만 중요했다.

두근두근.

심장이 뛰는 이유도 그 결과가 궁금해서 생긴 것이라며 스스로 세뇌하는 것도 잊지 않았다.

"어?"

퍽.

소름끼치는 타격 소리.

움직이려던 당청의 움직임이 급작스럽게 멈춰 버렸다. 그리고 놀란 눈으로 장내를 내려다봤다. 잠시 시선을 돌린 사이… 예상도 못한 일이 벌어졌다.

第百七十二章

하나. 결(一決)

귀환병사

　무린은 발치에 꿈틀거리는 남궁유성을 바라봤다. 지렁이
처럼 꿈틀거리는 그 행동이 아직 숨이 붙어 있다는 걸 보여주
고 있었다.

　"……."

　무린은 그의 멱살을 다시 잡아 올렸다. 몸이 붕 뜨는 느낌
이 들자 천천히 눈꺼풀을 힘겹게 들어 올리는 남궁유성. 그렇
게 열린 시야로는 뿌옇게 무린이 잡혔고, 그의 얼굴은 다시금
천천히 일그러졌다.

　"얘기했지. 개처럼 죽여주겠다고. 너에게 한 말이기도 하

지만 나 스스로에게 한 맹세이기도 하지."

실제가 그랬다.

그 말, 남궁유성에게 하는 말임과 동시에 자기 자신의 의지를 더욱더 단단하게 만들 맹세이기도 했다.

진심으로 무린은 남궁유성을 살려둘 생각이 없었다. 어차피 무력화시키는 걸로 복수는 갚았다고?

아니지.

무린은 후환을 두지 않는다.

남궁유성.

이자는 내버려 두면 언젠가 자신의 뒤를 노릴 자라는 예상이 갔다. 그는 저기 서 있는 남궁철성처럼 담대하고 품이 넓지 않다. 그랬다면 아마 무린에게 그렇게 손을 쓰지도 않았을 것이다. 무혜에게 그리 손쓰지 않았을 것이다.

본성이라는 게 있다.

이자는 본성 자체가 위험했다.

"마지막 말은?"

나직하게 나온 무린의 말에 비천대를 뺀 장내의 모두가 놀랐다. 비천대야 익히 무린의 의지를 알고 있었기 때문에 놀라지 않았다. 하지만 남궁세가 무인들은 모두 이렇게 생각했다.

설마, 진짜 죽이겠어?

무려 창천대검(蒼天大劍).

남궁세가가 자랑하는 고강한 무인 중 하나인데? 죽이는 순간 철천지원수가 되는 것이다. 그래서 모두의 무의식에 말은 저렇게 해도 죽이지는 않을 것이다. 이렇게 생각하고 있었다. 그런데 지금 무린의 말은?

끝난 마당에… 저 말은 정말 죽이겠다는 뜻이다.

강호의 우스갯소리에 이런 말이 있다.

설마가 사람 잡고.

믿는 도끼는 종종 발등을 찍는다.

무의식에 깔린 생각들이 말상당하기 시작했다. 설마, 진짜……? 하고 의심들을 하기 시작했다. 그 의심이 확신으로 변하는 데는 그리 오래 걸리지 않았다. 남궁철성도 그중 한 사람이었다.

"자, 잠깐……!"

"뭐지?"

"패배를 인정했다! 길까지 터줬어! 그런데 왜……!"

피식.

그 말에 무린이 남궁유성을 내려놓았다. 물론 멱살은 풀지 않았다. 바닥에 짐처럼 내려놓고 신형만 돌린 무린.

그의 입에 걸린 서늘한 미소가 남궁세가 무인들을 향해 다시 한 번 보여졌다. 움찔! 하고 몸을 떠는 이들.

분노와 공포.

두 가지가 섞인 감정의 혼란에 철검대원들은 이를 악물었다. 움찔움찔. 당장이라도 몸을 날리고 싶은 이들도 있었다. 그러나 다시 손을 펼쳐 막는 남궁철성으로 인해 그 행동도 막혔다.

무린의 입이 그런 이들을 향해 열렸다.

"내가 굴복하라 했나? 길을 트라고 했나?"

"…뭣이?"

"모두 당신이 알아서 굴복했고, 알아서 길을 튼다고 했다. 당신만 끝낸 거야. 나는 끝내겠다고 하지 않았지."

"……."

사실이었다.

마지막 창천대원이 무너지는 순간, 남궁철성은 패배를 인정했다. 물론 이 결정도 이 악물고 겨우 내린 결정이었다.

정말… 겨우.

남궁현성의 은밀한 말이 없었다면 결코 하지 않았을 선택이었다. 그런데… 그런데! 무린은 지금 그걸 혼자 삽질했다고 하고 있었다.

"네놈들은 항상 그렇지. 제멋대로 행동하고 제멋대로 판단하고 제멋대로 결정 내리지. 그럼 모두가 다 따를 거라고 아는 것처럼. 하긴, 천하제일가의 위세를 등에 업으면 당연히 모두가 그렇게 따르겠지. 불만이 있어도 말이야. 하지만 그거 아나? 그 모두에 나는 이제 없다는 걸."

"……."

남궁철성이 말문이 막히는 걸 느꼈다.

저 말에 할 반론이 없었기 때문이다.

저 말도 맞았다.

여태 누구도 '자신들이' 판단하고 결정 내리면 그걸 막지 않았다. 그리고 모두가 따랐다. 모두가 그 판단이 옳다고 했다. 왜? 왜 그랬을까? 수많은 이유가 있겠지만 그 이유들 중 가장 상위에 서 있는 이유는 역시 딱 하나였다.

남궁세가의 말이니까.

천하제일가의 말이니까.

그러니 잘 따라서, 잘 보여야 하니까…….

이게 가장 큰 이유일 것이다.

무린은 지금 그 점을 꼬집었다. 남궁철성은 듣는 순간 깨달았고, 그래서 반론할 수 없었다. 저 말은 거의 정론이었으니까.

멍해진 정신이 무린의 말에 다시금 현실로 돌아왔다.

"상황이 변했다는 것을 잊지 마라. 시작도 내가 했고 끝내는 것도 내가 한다."

"……."

"그리고 이곳에서의 끝도 내가 낸다. 이자의… 목숨으로."

"아… 자, 잠깐!'

남궁철성은 그제야 다급히 무린을 불렀다. 그러나 무린은 이미 다시 남궁유성을 들어 올리고 있었다.

눈높이를 맞춘 무린.

"쉬고 싶나?'

"…크흐."

무린의 말에 입가를 일그러트리고 신음을 흘리는 남궁유성. 그의 정신, 육체는 한계에 도달한 상태였고, 무린의 말을 제대로 알아들을지도 의문이었다.

"쉬고 싶다고 한마디만 하면, 쉬게 해주지."

"흐으, 흐흐흐……."

그러나 무린의 말에 남궁유성은 웃었다. 얼굴에는 참회, 후회의 빛은 없었다. 그렇다고 노골적인 경멸이 담긴 웃음도 아니었다.

그저 웃음.

그냥 정말 웃음이었다.

"정신이 조금 들었나 보군."

"개, 개처럼 맞다보니… 들었지. 크읍."

말을 하는 것도 힘든지, 피가 왈칵 올라왔다. 핏물은 무린
의 얼굴까지 튀었지만 무린은 피하지 않았다.

"후회하지는 않나?"

"없지……."

"그래. 그럴 것 같았다."

퍽.

그 말이 끝이었다.

무린의 수도가 그대로 남궁유성의 심장을 뚫었다. 개처럼
죽여주겠다고 했지만… 역시 무린에게는 불가능했다. 그렇
게 스스로에게 다짐해 놓고도, 무린은 결국 깨끗하게 보내주
는 걸 선택했다.

물론, 이는 끝까지 자신의 행동을 정당하다 생각하는… 나
쁜 의미로 강직한 무인에 대한 예의였다.

푹.

무린은 손을 뽑았다.

휑하니 뚫린 구멍에서 뜨거운 김이… 모락모락 올라오기
시작했다.

"남궁유성! 유성아… 으, 으아. 유성아. 유성아, 임마……!"

무린은 그 외침에 등을 돌리지 않았다.

다만 잡은 멱살을 놓았다.

그 이후 신형을 돌리자, 멍하니 중얼거리며 비척거리는 걸음으로 다가오는 남궁철성이 보였다.

충격일 것이다.

자신의 눈앞에서 남궁유성이 죽었으니까.

스르륵.

풀썩 쓰러진 남궁유성. 이미 영혼은 떠나고 없었다. 뚫린 가슴에서 흘러나오는 피가 얼어붙은 대지를 적셨다.

남궁철성은 여전히 비척거리는 걸음으로 다가오고 있었다. 두 눈은 황망하게 떠져 있었다. 믿을 수 없다는 눈빛. 공허하기까지 한 눈빛.

이윽고 다가온 그가 남궁유성 앞에 풀썩, 무릎을 꿇었다.

"유성아… 이놈아, 유성아……."

멍하니 그의 이름을 불렀다.

대답해 주길 진심으로 바라면서 부르지만 남궁유성은 대답할 수 있는 상태가 아니었다. 무린의 일 수는 정확히 남궁유성의 심장을 터트렸다.

아예 흔적도 없이.

그러니 말을 하지 못한다.

"……."

무린은 움직이지 않았다.

남궁철성의 절규가 느껴졌다.

그 절규는 소리가 없었다. 가슴으로, 영혼으로 울고 있었기 때문이다. 무린도 수없이 해봤던 절규였다.

그래서 느낄 수 있었다.

은원 중 하나가 끝났다.

뒷맛은 달콤 씁쓸했다.

달콤한 개운함이 분명 느껴졌지만, 타인의 목숨을 빼앗았을 때, 그 주변에서 오는 슬픔은 분명 씁쓸했다.

한참을 멍하니 주저앉아 있던 남궁철성이 입을 열었다.

"이렇게까지… 해야 했나?"

원망이 담긴 목소리였다.

그에 무린은 되물었다.

"그러는 너희는 내 가족에게 그렇게까지 했어야 했나?"

같은 뜻을 담아 서로에게 던진 물음.

이건 누가 옳다.

네가 잘못했다.

내가 잘못했다.

이렇게 잘잘못을 따지기 힘든 질문이었다.

남궁유성의 행동은 분명 과했다.

무린의 지금 행동도… 과하다고 할 수 있었다. 죽이지 않아도 됐을 일이라고 생각하는 사람도 많을 것이다. 하지만 무린은 남궁유성만큼은 용서할 수가 없었다. 누누이 다짐했던 일이기도 했다.

자신만이 아닌, 무혜에게까지 손을 썼을 때부터.

화르르.

불꽃처럼 일어나는 기세가 느껴졌다.

당연히 남궁세가 무인들의 기세였다.

그들은 남궁유성의 죽음을 받아들이지 못했다. 설마 죽이기까지야 하겠어. 이 무의식에 팽배했던 믿음이 깨졌어도 그 파편이 여전히 남아 있던 탓이다. 그래서 이제야 현실을 받아들였다.

남궁유성이 죽었다는 현실을.

바닥에 쓰러져 있던 창천대원 중, 그나마 움직임이 가능한 이들도 비틀거리며 신형을 일으키고 있었다. 물론 무린을 향한 적대감을 온몸에 두른 채였다.

무린은 그걸 보며, 웃었다.

결코 좁혀질 수 없는 서로의 입장 때문에 시작된 전쟁이다. 저들은 몰랐겠지만, 전쟁이 시작된 순간부터 이렇게 될 것이라는 건 이미 예견된 바였다. 무린의 마음속에서. 그걸 저들은 이제야 깨달은 것이다.

누가 악역일까?

무린의 입장에서는 남궁세가.

저들의 입장에서는 비천무제.

서로의 입장은 분명하니까… 이렇게 힘으로 원하는 걸 얻는다.

　슬픈 일?

　아니다.

　무린은 이게… 행복으로 가는 길이라고 생각했다. 그러기 위해 거쳐야 하는 고난이라 생각했다.

　그래서 자신을 향해 적대감을 내뿜는 이들에게 마주 기세를 피워 올렸다. 기잉! 무린의 의지에 반응해 돌기 시작하는 비천신기. 신기는 곧 유형의 기운이 되어 자신을 향해 쏘아져 오는 적대감, 살기를 잡아먹고 도리어 온 사방을 압박하기 시작했다.

　"그만해… 주시게."

　그때 나오는 힘없는 남궁철성의 말.

　무린은 말없이 그를 돌아봤다.

　주저앉아 있는 남궁철성은 남궁유성의 시신에서 시선을 떼지 않고 다시 조용히 말했다.

　"길은… 터줄 터이니… 그만해 주시게."

　"……."

　무린은 그 말에, 그의 상황을 짐작했다.

　이 상황에서도 그는 전력을 보존해야 하는 임무를 받은 것이다. 그게 아니라면 참을 이유가 없었다.

동료이다 못해 피를 나눈 혈족, 태어나면서 검을 같이 배운 남궁유성의 죽음에도 그는 내려진 임무를 완수해야 하는 족쇄에 채워져 있는 상태인 것이다. 무린은 그걸 깨달았지만 그가 불쌍하지는 않았다.

남궁철성이 이번에는 무린이 아닌, 철검대를 향해 돌아보지도 않고 외쳤다. 길을 열어라. 나직한 그 말에 철검대는 으득으득 이를 갈다가, 결국 길을 텄다.

무린은 그 길을 향해 걸었다.

그런 무린의 뒤를 비천대가 천천히 따르기 시작했다. 훌쩍, 어느새 다가온 전마에 올라탄 무린이 갈라진 철검대 사이를 지나쳤다. 악역이 된 것처럼, 피부로 느껴질 정도의 살기가 느껴졌지만 그 정도는 무린에게도, 비천대에게도 아무런 영향을 끼치지 못했다.

이윽고 철검대를 지나쳐, 쭉 뻗은 대로를 향해 걷는 무린. 저 멀리, 우뚝 솟은 전각이 보였다. 제왕전(帝王殿).

천하제일가의 가주가 거하는 곳.

하지만 무린은 그곳이 목표가 아니었다.

바로 그 뒤에가 목적이었다.

제왕전 뒤, 어머니가 거하는 곳.

아니, 감금당하신 곳.

연화원(蓮花垣).

그곳이 목표였다.

우측으로 각을 돌고 나니, 저 멀리 수두룩하게 많은 인파가 보였다. 형형색색의 복장이었다.

무린은 그걸 보고 즉각 알아차렸다. 저들은 남궁세가의 무인이 아니었다. 복장의 통일성이 없는 걸 보니 남궁세가 무인들이 아닌, 외인(外人)들도 같이 있었다. 이것도 노림수라 할수 있었다.

딱 봐도 저들은 남궁현성과 인연이 있는 자들, 즉, 객(客)이었다. 그중에는 다른 문파에 적을 둔 이들도 있을 것이고, 홀로 독보하는 이들도 있을 것이다. 그리고 연배로 보아도 그리 어리지 않았다.

거의 대부분이 무린보다는 윗줄로 보였다. 이걸로 확실해졌다. 남궁현성은 무린과 남궁세가의 싸움을 넓히려고 하고 있었다.

물론 무린이 강행 돌파를 한다면 못 뚫을 것도 없었다.

하지만…….

이렇게 되면, 무린은 수많은 이와 척을 지게 된다. 남궁현성이 노림수는 아마 이 부분일 것이다.

명숙이 많으면 많을수록, 명분을 세가의 위세로 몰아가 무린을 곤란하게 만들 수 있을 테니까.

그럼 무린은 어떤 선택을 할까?

피식.

"웃기지도 않아서… 하는 짓이 치졸하기 그지없군. 내가
그리 무서웠나? 나와 상관없는 사람들을 이리 모아놓은 걸 보
니."

무린의 말은 강한 울림을 가진 채 퍼지기 시작했다. 공기가
진동하듯이 퍼져 나간 무린의 말은 내성을 둥둥 울렸다.

그 말에 남궁현성의 냉막한 얼굴에는 아무런 변화도 없었
지만, 그가 부탁해 모인 객들의 얼굴에는 숨길 수 없는 불쾌
감이 떠오르기 시작했다.

나이도 적지 않으니, 아직 불혹(不惑)도 넘기지 않은 무린
의 말이 건방지다고 느꼈기 때문이다.

무린의 나이는 확실히 어리다.

"건방지구나. 문야의 제자라 눈에 뵈는 것도 없단 말이냐!"

카랑카랑한 목소리였다.

흰머리가 히끗한 정도가 아니라 새하얗게 샜다. 얼굴에는
검버섯도 피어 있었다. 딱 봐도 세수가 상당해 보였다. 구부
정한 허리까지 보니 더욱더 나이가 있어 보였다.

"누구시오?"

그에 무린이 되물었다.

그나마 반존대는 들어간 무린의 질문에 노인의 얼굴에 불
쾌감은 분노로 변했다. 아니, 진노에 가까웠다.

"누구시오? 시오……? 감히 네놈의 스승인 문야도 내게 반 존대를 하지 못하거늘. 너는 놈에게 예의도 배우지 못했더 냐!"

쩌렁.

카랑카랑하기도 했지만 날카롭기도 했다. 진동하는 대기 에 노인의 분노가 실려 날아왔다. 그러나 무린은 눈 하나 깜 빡하지 않았다.

하지만.

"앞을 막아선 것은 당신이다."

무린은 그따위 것, 오늘 하루만큼은 버리겠다고 맹세한 게 수천 번이다. 이것저것 다 따지면 원하는 것을 놓칠 수도 있 다. 그건 무린 본인도 수없이 경험했던 것이다. 그러니 무시 하기로 했다.

그 누가 앞길을 막더라도.

무린은 박살 낼 준비가 되어 있었다.

노인의 배분은 분명 높았다.

명숙을 넘어, 거의 원로에 들 인물이었다. 하지만 무린에게 는 그러거나 말거나였다.

노인, 편객(鞭客) 여상이라고 해도 말이다.

세수가 거의 여든을 넘은 그다. 문인보다도 세수는 많았 다. 그리고 까랑까랑한 목소리만큼이나 성격도 꼬장꼬장하지만 그는 불의를 보면 참지 않는 성격으로 유명했다. 옳고 그름의 판단도 확실했다.

그래서 어디를 가도 존경받는 강호의 원로였다. 그런데 그런 그에게 무린은 지금 반말을 날리고 있었다.

왜?

앞을 가로 막은 적이니까.

적에게 해줄 존대는, 그럴 가치가 있는 자에게만 해주는 무린이었다. 현 남궁세가 내에는 아마 딱 둘일 것이다. 반존대를 들을 자는 중천. 존대를 들을 자는 남궁무원. 이렇게 둘뿐이었다.

"허어……."

편객 여상의 입에서 헛바람이 나왔다.

이제는 완연한 무린의 반말에 놀란 것이다. 그런 여상에게 무린이 다시 말했다

"이건 나와 남궁세가의 일. 그 일에 끼어든 것은 당신이다. 그래 놓고 내게 뭐라 하는가? 원래 그렇게 남 일에 참견하는 걸 좋아하나?"

"……."

이쯤 되면 거의 모욕이다.

물론 그에게만 말이다.

"남궁현성. 자신이 있다면 당신이 나서라. 숨지 말고."

무린은 그 말을 던진 후 앞으로 말을 탄 채 나왔다. 다가닥 거리는 말발굽 소리만 들렸다. 잠시 후, 촤락! 하고 바람이 갈라지는 소리가 들렸다.

어느새 앞으로 나선 여상이 벼락처럼 편을 휘두른 것이다. 극히 섬전에 비견될 만한 움직임, 공격이었다.

그러나 무린은 그걸 간단히 피했다.

고개만 슥 뒤로 젖히자, 원래 무린의 얼굴을 있던 공간을 여상의 편이 툭 치고 되돌아갔다.

팡!

손목에 반동을 줘 당겼기에 공기가 터졌고, 뒤늦게 생긴 바람이 무린의 얼굴을 덮쳤다. 그러나 무린의 얼굴은 여전히 평온했다.

촤악!

다시금 편이 날아들었다.

무린은 이번엔 피하지 않았다. 흔들리며 날아오는 편을 향해 손에 쥔 창을 가볍게 그었다. 서걱! 하고 편이 잘려 나가는 소리가 들렸다. 분명 내력이 실려 있었을 게 분명한데도 무린은 그걸 단방에 잘라 버렸다.

그리고 손바닥 안에서 창을 반 바퀴 돌린 다음, 쭉 창끝을 밀어 넣었다. 픽! 소리가 들렸다. 직후 여상의 신형이 뒤로 쭉 날아갔다.

무린은 그가 날아가자 말에서 내렸다.

"자비는 이번 한 번뿐이다. 이후 덤비는 자는… 목숨을 장담할 수 없을 것이다."

나직한 경고가 장내를 쓸었다.

단 두 번의 공수 교환에 편객 여상을 쓰러트린 무린. 그나마 이것도 손속에 사정을 뒀다. 무린이 창에 비천신기를 담았다면 픽! 소리가 아닌 푹! 소리가 났을 것이다. 타격음이 아니라, 관통음이 들렸을 거란 소리다.

이게 무린의 손속에 사정을 뒀다는 결정적인 증거였다.

무린은 모두를 돌아봤다.

"남궁현성. 다시 묻지. 정녕 여기 있는 사람들을 전부 희생시키고 싶은가? 비열하게 뒤에 숨어 제 자신만 챙기려 하는가?"

"……."

"……."

무린의 말은 비수가 되어 남궁현성에게 향했다.

그러나 여전히 남궁현성은 속을 알 수 없는 얼굴을 하고 있었다. 감정 표현을 철저하게 통제하고 있었다.

이게 남궁현성의 본 모습이었다.

철저하게 자신의 감정을 통제하고 그 속에 심기를 숨겨 상대를 압박하는, 천하제일가의 가주. 바로 이 모습이었다.

남궁현성을 처음 마주했을 때의 모습.

무린은 더 이상 말이 필요 없다는 것을 깨달았다.

스윽.

창이 날개처럼 펴져, 그 서늘한 예기를 발하기 시작했다.

웅웅. 공명하는 소리도 들렸다. 비천신기의 내력이 가득 돌기

시작했다.

물론, 기세를 넘어선 기파도 같이 퍼지기 시작했다.

그에게 무제의 칭호를 선사한 너무나 특별한 기파.

웅웅!

때아닌 벌 떼 소리가 들렸다. 막대한 비천신기의 내력이 공

기 중에서 공명을 일으키고 있는 것이다.

이건 정말 진심전력의 기세였다.

히히힝!

작심하고 끌어올렸는지 무린의 기파는 이제 방향도 잡지

못했다. 그저 자신을 중심으로 동심원을 그리며 사정없이 퍼

져 나간다.

비천대의 전마가 무린의 기파에 쏘여 발광을 시작했다. 맹

수의 기세와는 비교도 안 되는 거대한 기파에 겁을 집어먹고

이성이 붕괴되고 있는 것이다. 그렇게 훈련받고 산전수전 다

겪은 전마들이 말이다.

비천대는 즉시 전마를 통제해 뒤로 물러나기 시작했다. 그

리고 백면을 시작으로 내력을 끌어올려 무린의 기세를 막아
나갔다. 그러지 않으면 전마가 더 이상 버티지 못하고 미쳐
날뛸 게 분명했기 때문이다.

물론, 이는 비천대 말고 남궁현성을 포함한 무리도 마찬가
지였다.

단… 일인이 만들어내는 이 현상에 그들도 이를 악물고 마
주 내력을 돌려 자신을 방어했다.

그런 이들에게,

무린의 선고가 재차 떨어졌다.

"지금부터 막는 자… 모두 죽인다."

이는 선언이다.

더 이상 대화도, 끄는 것도 모두 거절하고 내가 원하는 것
을 이루어 내겠다는 선언이자 무린 스스로에게 다시금 거는
주문, 다짐이었다.

건방진!

참지 못한 자 하나가 무린의 기파를 뚫으며 달려들었다. 이
를 악문 얼굴을 보니 겨우 참아내고 있던 자다.

용기일까?

아니, 만용이다.

이성을 잃었으니까.

제 자신을 돌보지 않은 거침없는 돌격은, 먹히면 성공으로

끝나지만 실패 시 너무나 큰 대가를 치러야 한다.

그러니 만용이다.

무모함이다.

퍽.

그자의 주먹을 피해낸 무린의 가볍게 복부를 때렸다. 미약한 소리였다. 그러나 그 미약한 소리에 그 무인은 몸이 붕 떠서 뒤로 날아갔다. 컥. 하고 숨이 끊어지는 소리가 들렸다. 작게 울린 소리는 비천신기의 내력이 파고드는 소리였다.

내부 장기가 아주 죄다 갈렸을 것이다.

애초에 작정하고 손을 썼으니, 숨은 적중하는 그 순간 이미 끊어졌을 것이다.

푸득, 덜덜덜.

바닥에 쓰러져 사지를 경련하는 무인을 보며 걷는 무린. 그의 입이 다시금 열렸다.

"얘기했지. 죽인다고."

저벅저벅.

사형 선고를 내리며 걷는 무린.

강호명숙?

노선배들?

다 필요 없었다.

여기까지 왔는데도… 감히 앞길을 막는 자들.

모조리 벌하리란 마음밖에 없는 무린이었다. 여태 감정을 담지 않았던 무린의 눈동자가 변한 것도 좀 전 손을 쓴 직후부터였다.

감출 수 없는 분노.

막는 것은 모조리 박살 내겠다는 광포함.

결코 손속에 사정을 두지 않겠다는 단호함.

이런 것들이 서로 섞여 흉신악살의 기세를 무린의 두 눈에 담았다.

"진겸 선배! 네 이놈!"

다시 무인 하나가 덤벼들었다.

마찬가지로 검을 비롯한 무기를 들고 있지 않다. 권장법의 고수라는 것을 알리기라도 하듯이 손에는 수투가 끼어져 있었다. 묵색 수투는 딱 봐도 범상치 않아 보였다. 그러나… 서걱. 가벼운 절삭음.

무린의 창날이 뻗어져 나오는 그의 손목을 그대로 베어버렸다. 동작은 보이지도 않았다. 그냥 은색 선이 만들어졌다가, 사라지고 나서 피분수가 뿜어졌다.

으아……!

잠시 멍하니 있다가, 이내 손목을 쥐고 고통에 찬 절규를 내뱉는 그를 보며, 무린은 이 격을 먹였다.

픽!

정확하게 관자놀이부터 파고들어 가는 일격은 그의 의식을… 아니, 생명을 단방에 끊어버렸다.

분명 이 둘은 급이 떨어지는 무인이었다. 절정에 들어서서도 큰 진전이 없던 자들. 백면도 충분히 상대가 가능한 이들이었고, 어렵지 않게 베어낼 수 있는 경지밖에 되질 않았지만 무린은 그런 둘을 너무나 쉽게 죽였다.

마치 길을 가다가 옆에 자란 풀잎을 베는 것처럼. 정말 너무나 쉽게 상대하는 무린이었다. 이게 바로 무린의 진심전력이었다.

지금 무린은 정말 비천신기를 극으로 돌리고 있었다. 기잉! 기이잉! 하면서 도는 신기의 내력은 무린에게 환상적인 일격을 선사할 수 있는 원동력이 되어주었다.

그만!

그때였다.
중후한 외침이 터져 나온 것은.

第百七十三章　속죄(贖罪)

귀환병사

남궁현성, 그의 외침이었다.

천뢰제왕공의 내력이 가득 담겨 있어 무린의 걸음을 멈출 수 있었다.

발을 멈춘 무린은 남궁현성을 노려봤다. 명백한 적의, 살의가 담긴 새파란 눈동자에 직시당한 남궁현성. 그도 마주 무린을 쏘아봤다.

이전에는 강제로 통제당했던 감정이 지금은 떠올라 있었다.

분노였다.

무린이게 철저하게 당한 탓일까?

이번에는 정말 숨길 수 없는 분노가 그의 얼굴에 담겨 있었다.

"……."

"……."

서로의 시선이 부딪치고. 무린이 멈춰 서자 남궁현성이 다가와 무린 앞에 섰다. 근거리였다.

무린의 창이 도달하고도 남을 거리.

자신의 간격 안에 들어온 남궁현성을 보며 무린은 조금 놀랐다.

무린이 작정하고 일격을 날린다면 남궁현성은 못 막을 게 분명했기 때문이다. 그런데도 들어왔다.

이건 곧… 목숨을 내놨다는 뜻.

"결국……."

분노가 가득한 표정에서 나온 말은, 표정과는 정반대의 체념이 담긴 말이었다. 표정에 담긴 감정과 말에 담긴 감정이 다르다. 놀라울 정도의 감정 통제다.

"이렇게 되는군."

"……."

분노의 표정이 풀린다.

허탈한 표정이 대신 자리 잡았다.

무린은 대답하지 않았고 긴장도 풀지 않았다. 남궁현성이기 때문이다. 어떤 짓을 할지 모르기 때문에 긴장은 풀지 않은 것이다.

그라면⋯ 독을 쓰고도 남기 때문에.

하지만 독 기운은 느껴지지 않았다.

"너와 나. 우린 같은 하늘을 이고 살 수가 없다. 너는 모르겠지만⋯ 적어도 나는."

"⋯⋯."

'너는' 이라는 말.

이건 의외이다 못해 무린을 놀라게 만들었다. 그 말의 의미는 분명했다. 무린을 비천무제가 아닌, 조카로 보고 하는 말이었다.

"왜 그랬지?"

"뭐를?"

"왜 어머니를⋯ 당신의 누님을 가뒀지?"

"후후, 하하하. 해야 했기 때문이다. 가문을 위해서. 그리고⋯ 나를 위해서."

"당신을 위해서?"

"지키지 못한 것에 대한⋯ 내 속죄."

"⋯⋯."

그 말에 무린은 대답할 수가 없었다.

지키지 못한 것.

이건 곧… 어머니가 진유원에게 당한 일을 제 자신이 막지 못한 것을 스스로 원망했다는 소리였다. 누이를 지키지 못한 것에 대한 원망.

자괴감이다.

이는 사람을 죽이는 아주 무서운 감정이다. 철저하게 의식 아래부터 파먹어 올라가면서 그 사람의 본성까지 침범해서 물들이고, 갉아먹고, 이내 파탄에 이르게 만드는 무의식의 괴물.

"그때… 그런 일이 벌어진 건 모두 내 책임이지. 공명심과 스스로의 무(武)에 눈이 먼 나는… 위험하다 말리는 누님을 뿌리치고 색마 진유원을 쫓았다. 누님은 당연히 내가 걱정돼서 따라왔지. 그리고… 찾았다. 찾았고……."

"……."

일이 벌어졌지.

남궁현성의 인생을 송두리째 무너트린 일이. 천하제일가에 치명적인 오욕을 선사한 그날의 일이…….

그건 남궁현성에게 앙금으로 남는 정도가 아니라, 평생을 짊어져야 할 거대한 족쇄가 되어버렸다.

결코 풀려날 수 없는.

일을 당한 당사지인 남궁연화의 용서가 있더라도, 제 스스로가 용서할 수 없어 스스로 풀 수가 없는.

그런 족쇄가 되어버렸다.

"그래서 나는 누님을 평생 보살피겠다고… 맹세했다. 내 품에서."

"……"

지독할 정도로 어긋난 속죄의 방식이었다.

이해는 갔다.

당시 남궁현성은 결코 정상이 아니었을 테니까. 남궁연화, 어머니가 납치당하고 나서 아마 미친놈처럼 정신이 무너졌을 테니까.

천하의 남궁현성이 거지꼴로 남궁연화를 찾아 전 중원을 떠돈 것은 당시 세가 중진이라면 다 알고 있는 사실이었다.

그랬던 남궁현성이 정상적인 판단을 내렸을 리가 없었다.

정상적인 선택을 했을 리가 없었다.

그의 머릿속에 오직 하나.

누님을 찾아 다시 남궁세가로 모신다. 그리고 보호한다. 그것밖에 없었을 것이다.

그게 스스로를 지키고 누님에게 속죄할 수 있는 유일한 방법이라고 생각했을 것이다. 유일하게 숨을 쉴 수 있는 방법이었을 것이다.

어긋났다는 것.

틀렸다는 걸 깨달았을 때는 아마 늦었을 것이다. 그리고 그 걸 깨닫고도 그는 그걸 바꿀 생각이 없었을 것이다.

왜?

말했듯이… 그게 그를 숨 쉴 수 있게 해주는 유일한 해방구 였을 테니까.

"당신은 틀렸다."

"그래, 틀렸다. 하지만 틀리지 않았지."

"……."

인정하면서도 인정하지 않는다.

정말 제대로, 지독하게도 어긋나 있었다. 그걸 알고 있다. 그런데도 또 한편으로는 스스로가 옳다고 믿고 있다.

인격 파탄.

정신 분열.

자아가 제대로 성립되지 않은 시절에 겪은 지독한 일은, 그 의 인격을 아예 뿌리부터 비틀어 버렸다.

마치 물에 젖은 천을 꽉꽉 짜낸 것처럼.

그렇게 비틀린 인격은 세월이 지나고 마모되어 굳어버렸 다. 그런데 웃기게도 세월에 녹아 또 풀리기도 했다.

인격 분열의 증상이 나타난 것이다.

잘못된 것도 알고 있고.

잘하고 있다고 생각하는 것도.

둘 다 옳다고 생각하면서, 어느 하나가 주도권을 잡지 못했다. 그런 상황에… 무린이 나타난 것이다.

옳지 못하다고 생각했던 인격은… 무린을 반겼다.

옳다고 생각하는 인격은… 무린을 배척했다.

하나의 인격은 무린이 남궁연화를 데리고 가주었으면 했고, 다른 하나는 절대로 놔주지 못한다고 생각하고 있었다.

그런데 요즘엔… 두 번째 인격이 주도권을 잡았다. 그래서 반드시 무린을 막아내려 한 것이다.

왜?

그 인격은 남궁연화를 자신이 '계속', '죽을' 때까지, '영원히' 지켜야 한다고 생각하고 있으니까.

그런데 지금.

전자의 인격이 자리 잡은 것이다.

주도권을 잡고…….

무린을 마주보고 있는 것이다.

물론 무린은 이러한 남궁현성의 상황을 몰랐다. 그저 그의 변한 분위기를 살필 뿐이었다.

"지금도 나는 그렇게 생각한다. 내 선택은 분명 옳았다고. 내가 지켰던 게 맞았다고. 그곳에 있었으면… 누님은 살아계시지 못했을 테니까! 세가의 힘이 없었다면 이미 진즉에 숨을 거두셨을 것이다. 네놈의 아비는……! 누님을 고칠 힘도 없었으니까!"

쩌렁!

변했다.

눈빛에 담긴 감정도, 말에 담긴 감정도. 좀 전과는 다르게 적대감을 품고 있었다. 무린은 이때 느꼈다.

뭔가 이상하다는 걸.

다르게 느껴진다는 걸.

눈빛과 어조가 변한 것뿐이지만, 이 두 가지가 순간 너무 변했기에 피부로 느껴질 정도의 이질감이 와 닿았다.

이상하다는 걸 느꼈을 때는 저절로 몸에 긴장감이 들어갔다.

남궁현성이 기습한다고 해도 결코 무린에게 해를 입히지는 못하겠지만, 만사 불여튼튼이라고 했다. 무린은 지금 이 순간을 방심하지 않기로 했다.

"그걸 내가 모셔와 고쳤다! 내가 다시 살린 게야! 네놈들이 아닌, 이 내가! 그러니 내 선택이 옳다! 말해봐라! 누가 옳은지! 정만 생각하려는 네놈들은 누님을 죽이려고 했다! 방치한 거야! 그것이 가족의 정이냐! 천륜을 따른다고 누님을 죽여야 했느냐! 입이 있다면……!"

말해봐라……!

절규에 가까웠다.

남궁현성의 입에서 나온 말은 인정이다. 무린과 대모의 관계를 공식적으로 인정하는 것과 다름이 없었다. 하지만 그는 흥분해서, 분열해서 그것도 아마 못 느낄 것이다. 그러나 무린은 그게 중요하지 않았다.

대답해 보라는 그의 말.

"어머님의 기분은?"

"뭐, 뭣……!"

"왜 당신 기분만 생각하지? 어머님의 기분은 생각 안 하고."

"……"

"그럼 당신 덕분에 어머님은 행복했나? 가족과 강제로 이별한 어머님은 행복하셨나? 아버님의 끝도 지키지 못한 어머님은 행복하셨나? 아들이 북방으로 끌려가 끙끙거리셨을 어머님은 행복하셨나? 눈에 넣어도 아프지 않을……!"

쩌렁!

압도하는 무린의 외침에 이번엔 반대로 남궁현성이 입을 닫았다.

"두 딸을 남겨두고 오신 어머님은 행복하셨나! 대답해 봐라! 자신의 기분만 생각하지 말고 어머니의 입장에서 한 번만이라도 생각해 봐라!"

"……."

남궁현성은 입을 닫았다.

그에 무린은 입가에 조소를 달았다.

두 눈은 불꽃처럼 활활 타오르고 있었다.

"그랬을 리가 없지! 네놈의 실수를 덮기 위해 내린 선택을 쫓느라 어머님은 안중에도 없었지! 어머니는 행복하셨다. 적어도 내가 북방으로 끌려가기 전까진 어머니는 행복하셨다! 병색은 있으셨어도 매일 웃으셨어! 무혜와 무월이를 안고 시를 읊어주시면서 매일을 웃으셨다! 일을 끝내고 돌아온 아버지를 보고 웃으셨다! 가식이 아닌 진심으로! 그 순간에 만족하시고! 가족과 함께 있다는 행복한 감정에 젖어 웃으셨다! 너는 본 적 있나? 이곳에서 어머니가 웃는 걸 본 적이 있나?"

"……."

있느냔 말이다!

공기가 와장창 깨져 나가는 것 같았다.

그렇게 냉정한 무린인데도, 탈각을 이룬 후 웬만한 일에는 흔들리지도 않는 무린인데, 지금 이 순간은 격변이라도 하는 것처럼 흔들리고 있었다.

어머니가 걸려 있는 대화니 도저히 자신의 감정이 조절이 안 됐다. 하지만 이건 당연한 일이었다.

가족의 일에 냉정하게 반응할 수 있다면, 그건 어떤 의미로든 잘못됐다는 뜻이니까. 폭탄처럼 터진 무린의 말에 장내는 죽은 듯이 조용해졌다. 숨소리 하나 들리지 않았다. 그러나 감정이 터진 두 사람은 그러한 주변 반응을 살필 겨를조차 없었다.

여유가 사라졌다.

그만큼 흥분한 것이다.

"물었다. 이곳에서 어머님은 웃으셨냐고……."

"……."

남궁현성은 침묵했다.

대답할 수 있을 리가 없었다.

없었으니까.

단 한 번도… 정말, 정말 단 한 번도 웃지 않았으니까. 언제나 무표정, 언제나 슬픈 표정, 언제나 그리운 표정, 언제나 애잔한 표정.

언제나, 언제나…….

그 순간, 다시 남궁현성의 눈빛이 변했다.

지독히 혼란스러운 눈동자였다.

"하하, 하하하……."

허탈한 웃음.

혼이 빠져나가는 웃음이었다. 텅 빈 동공은 남궁현성의 지금 심정이 격렬히 끝을 향해 가고 있다는 걸 보여주고 있었다.

다시 천천히 열리는 입술.

이 죄를… 어찌 갚나.

죽음으로 갚을 수 있으려나.

누님… 미안하오…….

스르륵.

손이 올라갔다.

그걸 보며 무린의 눈동자가 순간 급격하게 커졌다. 손을 뻗으면… 덜컥! 그러나 마치 무언가에 걸린 것처럼 무린은 행동에 제동이 걸리고 말았다.

자결이다.

천령개를 내려칠 생각이다.

딱 봐도 보였다.

막지 않으면… 남궁현성은 내려칠 것이다.

무린의 본능.

무의식에 깔린 남궁현성에 대한 적개심이 행동을 막아섰다. 무린은 그래서 순간적인 제동에 걸렸고 갈피를 잡지 못했다.

잡아?

말아?

잡을 이유는?

놔둘 이유는?

짧은 순간에 그 같은 생각이 뇌리를 교차하며 지나갔고, 이는 충분한 시각이었다. 남궁현성이 천령개를 스스로 내려치기에는.

퍽.

쫘작!

둔탁한 파열 소리.

남궁현성의 행동은 그 순간 멈췄다.

조금 올라갔던 무린의 손은, 천령개를 남궁현성의 손이 떨어짐과 동시에 스르륵 내려왔다. 순식간에 텅 비어버리는 동공.

영혼이 사라져 가는 것을 무린은 두 눈에 담았다. 그리고 이를 악물었다. 뭐냐, 이건… 대체 뭐냐고.

"이딴 허무한 결말이⋯⋯."

사람의 인격이 이리 쉽게 부서지기 쉬웠던가?

그랬던가?

죽여도… 어머니에게 죄송스러워도! 내 손으로… 내 손으로! 적어도 내 손으로 해결하고 싶었는데!

스스로 죽어버리다니.

하…….

허탈한 감정이 뇌리를 장악했다.

의식이 멍해질 정도로 허탈해졌다. 이 말도 안 되는 결말에… 도무지 이해할 수 없는 결말에, 정신을 차릴 수가 없었다.

오죽 심했으면 세상이 빙글빙글 도는 것 같은 현기증까지 느껴졌다.

천하에 탈각의 무인이 현기증이라니.

지나가던 개가 비웃을 일이다.

그런데 실제로 무린은 골이 지끈거리고, 시야가 정상적인 작동을 하지 않았다.

"아……."

입에서는 허무한 탄식이 연이어 흘러나왔다.

그리고 그때.

비켜주세요.

나직하지만, 아주 확실하게 귀를 파고드는 미성(美聲)이 들렸다. 차분한 목소리였다. 사라락. 그 말에 나오는 반응은 즉각이었다. 남궁세가를 도우러 왔던 무인들도 멍했던 정신을 차리고, 그 말에 따랐다.

거의 본능적으로.

열린 길을 따라… 멀리서부터 보이는 한 인형.

좋아하시던… 하늘색 의복을 가지런히 차려입고 다가오는 미부인(美夫人). 굳이 안력을 돋우지 않아도 무린은 알 수 있었다.

어머니라는 걸.

그렇게 보고 싶었던… 어머니라는 것을.

그래서 무린은 굳었다.

발이 땅바닥에 붙은 것처럼, 달려가고 싶은 마음은 굴뚝같은데… 넘쳐흐르는데, 움직이지 않았다.

잠깐 그랬던 것 같은 무린의 앞에 어머니, 호연화는 어느새 다가왔다. 호연화가 다가오자… 무린은 두 다리가 후들거렸다.

탈각의 무인의 다리에 힘이 풀리기 시작한 것이다.

풀썩.

무너지듯 주저앉은 무린이다.

시야가 뿌옇게 물들었다.

무린은 이를 악물었다.

울지 않기 위해서였다.

그때 귀를 파고드는 소리.

"다 큰 장정이 어디 이리 쉽게 눈물이 보이니. 아버지가 계셨다면 한바탕 호통을 들었을 거야. 그러니 그만 눈물을 거두렴."

단호한 강함이 있으면서도, 그에 비례하듯 너무나 부드러운 목소리.

이 목소리.

아, 그래… 이 목소리.

이 목소리를 듣기 위해… 지금까지 난…….

주륵.

한 줄기 떨어지는 눈물을 숨기기 위해 무린은 고개를 숙였다. 그런 무린을 덮는 따스한 온기. 몸 전체로 느껴지는 온기에 무린은 몸을 움찔 떨었다.

"고생했다."

"어머니……."

"다 큰 장정이 어쩜 이리……. 후후."

나이 사십 먹은 장정도 어머니 앞에서는 애라더니… 무린이 지금 딱 그 짝이었다. 온기가 멀어졌다.

신형을 세운 호연화가 이윽고 남궁현성에게 시선을 돌렸다.

하아…….

세상이 꺼져도 이보다 더 무겁지 않을 한숨이 호연화의 입술을 비집고 흘러나왔다. 그리고 불렀다.

자신의 동생을.

대답하지 못할… 동생을.

"현성아……."

호연화는… 무너지듯 남궁현성의 시신 옆에 주저앉았다. 그리고 아직도 떠 있는 두 눈을… 파르르 떨리는 손길로 덮어 갔다.

스륵. 감기는 듯.

그리고 손을 잡아 품에 안았다.

"하늘에서는 모두 잊고, 모두… 훌훌 털어버리고… 편히, 편히… 쉬렴."

호연화의 볼을 타고 한 줄기 투명한 실선이 그려졌다.

그리고 그걸로 끝이었다.

비천무제와 남궁세가의 대결은, 결말은… 이렇게 단언할 수 있었다.

최고이자, 최악이었다.

극과 극의 결말.

그렇게 종지부를 찍었다.

『귀환병사』19권에 계속…

절정고수들이 하늘 높은 줄 모르고 질주하는 현 세상.
서른여덟 개의 세력이 서로를 견제하는 혼돈의 시대.

그 일촉즉발의 무림 속에
첫 발을 디딘 어린 소년.

"나는 네가 점창의 별이 되기를 원한다."

사부와의 약속을 지키고
난세로 빠져드는 천하를 구하기 위해
작은 손이 검을 들었다!

박선우 新무협 판타지 소설 FANTASTIC ORIENTAL HE

풍운사일

Book Publishing CHUNGEORAM

유행이 아닌 자유추구 -
WWW. chungeoram.com

한량 아버지를 뒷바라지하며
호시탐탐 가출을 꿈꾸던 궁외수.

어린 시절 이어진 인연은
그를 세상 밖으로 이끄는데……

"내가 정혼녀 하나 못 지킬 것처럼 보여?"

글자조차 모르는 까막눈이지만,
하늘이 내린 재능과 악마의 심장은
전 무림이 그를 주목하게 한다.

"이 시간 이후 당신에겐 위협 따윈 없는 거요."

무림에 무서운 놈이 나타났다!

Book Publishing CHUNGEORAM

 유행이 아닌 자유추구 –
WWW.chungeoram.com

전혁 新무협 판타지 소설
FANTASTIC ORIENTAL HEROES

王侯將相
왕후장상

『월풍』, 『신궁전설』의 작가 전혁이 전하는
유쾌, 상쾌, 통쾌 스토리, 『왕후장상』!

문서 위조계의 기린아 기무결.
사기 쳐서 잘 먹고 잘살던 그에게 날벼락이 떨어졌다.
바로 녹슨 칼에서 나온 오천만 냥짜리 보물지도!

기무결에게 내려진 숙제,
오천만 냥을 찾아라!

그러나 꼬인 행보 끝 도착한 곳은 동창의 감옥이었으니……

"으아악! 이게 뭐야!! 무림맹이 왜 여기 있는 거야!"

천하제일거부를 향한 기무결의
끝없는 도전이 시작된다!

용마검전
FANTASY FRONTIER SPIRIT
김재한 판타지 장편 소설

「폭염의 용제」, 「성운을 먹는 자」의 작가 김재한!
또다시 새로운 신화를 완성하다!

『용마검전』

사악한 용마족의 왕 아테인을 쓰러뜨리고
용마전쟁을 끝낸 용사 아젤!

그러나 그 대가로 받은 것은 죽음에 이르는 저주.
아젤은 저주를 풀기 위해 기나긴 잠에 빠져든다.

그로부터 220년 후……

긴 잠에서 깨어난 아젤이 본 것은
인간과 용마족이 더불어 살아가는 새로운 세상이었다.

Book Publishing CHUNGEORAM

류병이 아닌 자유추구 ─
WWW.chungeoram.com

연재 사이트 베스트 1위!
어디에서도 볼 수 없었던 천재 의사가 온다!

『메디컬 환생』

언제나 실패만 거듭해 온 의사 진현,
그런 그에게 찾아온 인연의 끈이 있었으니.

"다시 삶을 살면… 어떤 삶을 살고 싶으신가요?"

다시 한 번 주어진 인생
이번엔 반드시 성공하리라!